鵠韻集

戴玨 著

自序

　　如果沒記錯，三十四歲我才開始認真寫詩，這是多數詩人
已然成熟，或少數天才詩人離世的年紀，所以我的詩作不免少
了一分飛揚，多了一分沉重。這部詩集本來可以精簡一些，但
根據個人與同好交流的經驗，自己感覺寫得好的詩，往往別人
認為平常，自以為寫得一般的詩，別人卻覺得不錯，於是索性
將這十幾年來的詩作大部分都收了進來。其實數量並不太多，
早期的尤其少，我甚至一度因此懷疑自己的創作能力，這幾年
世間多事，心裡想說的話也多了，才多寫了一些。

　　起初我只譯詩，將中國古典詩詞譯為英語，由此學會了寫
傳統詩詞。後來我又翻譯英語現當代詩，於是開始了現代詩的
創作。近年自覺拉丁文也學到一定程度了，西洋古典詩便成了
我閱讀與翻譯的重點。由此可見，譯詩對於我的創作是不可或
缺的，畢竟翻譯必須細讀原文，同時也是鍛鍊文筆的好機會。
此外我的詩作有時會用典故，如果是外國的，我會加上注釋，
有些出處恰好是名詩，我也譯了出來，所以這部詩集便有了一
卷譯詩選。

壬寅年臘月戴珏記於上海

目　次

傳統詩詞卷

現代詩巻

堪培拉的夏日

十二月，
我穿著汗衫
和短褲，坐在嗡嗡的
音樂聲中，
呆看著面前
啤酒的泡沫，
回想遠方
黃昏中的積雪。

元荃古道[1]

又轉過兩個山頭
終於看到了
遠處的青馬大橋[2]
隱隱約約
車輛，輪船
在無聲地
移動

數聲鳥叫
引來一陣春風
四處飄落綠葉和花瓣
芭蕉的香氣
彌漫

漸漸下山
當年的村民為了趕集

---

[1] 元荃古道連接香港新界西部的元朗和荃灣，是昔日居民往返兩地的必經之路，他們必須沿這古道將農作物運往荃灣的市集以換取日用品。

[2] 青馬大橋是世界最長的行車、鐵路兩用吊橋，乃連接大嶼山、香港國際機場與市區的主要行車通道。

今日的山行者
為了回歸
塵囂

水和陽光的壓力

雖然閉了氣，又苦
又鹹的海水還是湧進了
鼻腔。吐這苦水真是
難受！回想起之前艾倫
從水中爬上船時流鼻涕
的樣子，不再覺得可笑。

「記著並攏雙膝，別刻意
拉扯拖繩手柄，不行便得
放手，准備！」教練在前面船上
吆喝。我在水中被船扯動，
終於站起身，卻保持不了平衡，
松手，嘩啦！又一次
臉朝下栽進水裡。
救生衣的設計真好，即使
俯臥向下頭仍可以
伸出水面。但這樣
並不舒服，憋足了
勁一扭腰，終於
四腳朝天。就這樣躺

一會，閉上眼，讓救生衣
托著我，全身放松，
幾秒鐘也好。

「得去學游泳，下次
便不會如此辛苦！」
我有意識地碰一碰
疼了幾天的腰，然後
看著鏡子裡自己的
酒糟鼻子。「怎麼上船後
竟忘了再搽太陽油呢！」
我又開始撫摸麻癢的
前臂，那暗紫色的肌膚
似乎不屬於自己，上面
已有幾處蛻皮。想起
艾倫在船後乘風破浪
的樣子，「一定要
再去嘗試！」

呼吸困難，
或是自己刻意閉氣？
幾經辛苦，終於將頭伸出
水面，卻發現自己
在呼吸夜的氣息。

沒有陽光，沒有水聲，
只有夜的幽寂。
我的腰還在隱隱作痛，
會好的，
明天
便會好的。

我在黃昏中游蕩

我在黃昏中游蕩
地上我的影子
亦步亦趨
又一輛雙層巴士掠過我身旁
駛到我前面

遠處工地的打樁聲漸近
人行道開始有節奏地振動
我走向工地旁的一排花店
震耳欲聾

無數鮮花
給玻璃紙卷著
含苞欲放
擠作一團又一團

打樁聲漸遠
我走向一堵高牆
我的影子掠過我身旁
走到我前面

夏夜

我聽見雨點痛擊地面的喧囂，
聽見悶雷在夜空中隱隱作響，
地上的積水泛濫，
不知流向何方。
原來這便是
漫長夏季的開始。

我想起街口曾經盛放的洋紫荊[1]，
想起女生們的笑語曾在樹下飄過，
還有那春風與晨光的氣味，
然而下午的炎熱告訴我，
現在已經是
漫長夏季的開始。

這驟雨之後會有些陰涼，
那也不錯；還有夜一貫的沉默，
偶爾露面的月亮；流浪的行星[2]

---

[1] 洋紫荊是香港常見的樹木，花開得很密（有點像櫻花樹），一般三、四月就
謝了，但有少數能堅持到六月。
[2] 流浪的行星（rogue planets）指漂浮在宇宙中,不繞任何恒星公轉的行星。

或許會陪伴我的心思飄泊。
原來這便是
漫長夏季的開始。

夢魘

我不知在這陰冷
的路上走了多久。
很累，胸中隱隱作痛。
偶爾我會停下來做個夢，
夢見溫暖的白天。
卻有隻惡犬將我吠醒，
我不敢看它的眼，
怕它咬人。

我雙腳騰空，步子很大，
盡管我使出了全身的氣力，
還是走得很慢。
有位面容模糊的人突然走向我，
對我說了些難聽的話，
我把他揍了個半死，
就像電視裏的職業摔角手一樣。
我何以變得如此力大無窮？
如此

心懷仇恨？
我隱隱覺得
這一切并不是真的。

又見到了那隻亂吠的惡犬，
為何它總不放過我？
或許我該走
另一條路。

我變成了溫室中的仙人掌。
四周的空氣死寂。
我突然發現有朵剛開的
花在看著我，
欲言又止。
我卻在想這碩大建築物
外面的風；
那未隔玻璃的陽光
一定更加熾熱。
花兒呀，你想不想
知道我的心事？

不知怎樣擺脫那隻惡犬，
或是等它自己跑開？
這昏暗的路不知有多長，

但世上的路總會有個盡頭。
我仍得繼續，
尋視有朝霞的天際，
慢吞吞地走
猶如在水底一般……

下星期

面前的數字不要搞錯；
手中的筆隨本能擺動。
如蝶的心總飛向未來，
去追尋一個答案，
你承諾過的答案。
睡意在身軀裏沉澱，
令我想起我下沉的聲音
如何送別你遠行的身影。

胸腹間的熱病又開始發作，
四面的燈火在浮動，
你的話語隱現其間。
我的希望隨之游走
在這寂寥的長夜。

對面的紅綠燈不要看錯，
疲憊的雙腿不要思索。
下星期
帶著一陣辛辣掠過我的眼睛，

下星期
我會在漩渦中清除我的迷惑。

塞車

車窗外的其他車輛猶如波浪
般爭先恐後，在摩天樓群的峭谷間
起伏。於繁華中等待，舔食金錢
充飢，物欲終令我營養不良。

荒野的天空上偶有鷂隼的蹤影，
一路上，蘆草、野草莓、藍莓的色彩
誘人，但我直覺這樣一個所在
定充滿了泥沼，最好謹慎徐行。

窗外雨潺潺，一雙沉醉的手輕撫
我的臂膀，軟語和燭光陪我度過
平凡的夜晚。暖意正滋補靈魂。

喇叭聲把我從疲倦中驚醒，此處
是海底隧道口，我將要遠赴疑惑
的另一端，且把落寞與惆悵收存。

追日

不久以前，
我也曾這樣對你直視，
那是透過影影綽綽的樓群；
此刻我與你之間，
只隔了一層玻璃
和前方一段不很長的
海岸線。
你又大又圓，臉色橙紅，
傍著岸邊的山丘，
對著大海哼唱。
這雙層巴士的引擎聲
真是令人心煩！
我只能默默看著你
金色的聲線隨波浪流轉。
原來竟是很曲折的
海岸線令你的面容
時隱時現，
最終隱入山丘後方，
只留下水天交接處
的一片裊裊餘音……

你回家了，
我的一天卻開始不久；
當我憑幻想解渴，
藉燈光和詩篇驅散
內心的陰影，
你又在為誰歌唱？

等待

車站外的人群隨冷風蠕動
徘徊，佇立
手中的行李越來越沉重
零雨敲打著身旁的鐵欄杆
一雙雙腳從前方的積水趟過
憔悴的期盼也被淋濕
我不願再仰望
老天陰沉的臉

我曾厭倦城市
曾夢想化作一片雪花
飛越高山和田野
飛去我生長的地方
如今這未曾見著的雪
卻封鎖了我的熱情
封鎖了中國的大地

在寒夜的郊外
一串燈光緩緩移動
像一絲溫暖

劃過冰凍的前路
我雖然疲累飢渴
但並不寂寞
因陪伴我的
有無數無助的心

寒風又奏起了怨曲

寒風又奏起了怨曲；
愛的渴望
卻不曾冬眠，
在蕭疏的林間不時起舞。
不久前的一場山火
把一半山頭燒成了焦土，
但第一場雪的降落
會覆蓋一切。
在那素色世界
回憶青蔥歲月，
夢想花季的來臨，
需要更淡定的夜曲演奏者。
風兒呀，你能否勝任？

北美三章

格瑞費斯天文台

入口有些昏暗，沒有進去
繞行至後面，天文台背對著
匍匐延綿的天使之城與晨光
下面的佛蒙特大道¹穿過遠方
的商業樓群，直上迷濛的半空
無數樓臺在煙塵霧靄中
打著灰色的哈欠

繼續繞行，又來到入口
不遠處懸挂著荷里活
大標牌的李山頭²
上方一輪曉月依然可見
枕著清澄蔚藍的天幕

1　佛蒙特大道：洛杉磯貫穿南北城區的一條主要街道。
2　李山頭：聖莫尼卡山的一座山峰，位於洛杉磯格瑞費斯公園內，著名的荷里活大標牌便挂在山峰的南坡上。

一小時後，回到城中
登上貝弗利中心[1]樓頂
隔著玻璃再次遠眺
格瑞費斯天文台
有如珍珠，平靜地守望
兩片不一樣的天空

走進大峽谷

從我面前一直延伸到
天邊，深且猙獰
我戰戰兢兢地走在
大地的傷口旁
生怕掉進去

突然有一位魯莽的攀爬者
赤裸著上身
走上一座橫出的山崖
我驚訝地看著他一直走到
最邊緣處，然後坐下

---

[1]　貝弗利中心：洛杉磯著名的購物中心。

坐在這廣大的天地之間
觀賞，沉思

狀哉！無畏的攀登者
我也在觀賞，沉思
有一頭騾鹿在我身後
的樹叢邊，遠遠地看著
我這位游移的
旁觀者

班甫[1]

依山的雲霞宛如一匹
又長又寬的金黃色綢緞
我們緩緩駛向班甫
一座座山峰無語旁觀
莊嚴肅穆

天氣清冽，小河
結了冰，沒什麼聲音
我緩緩走向班甫

---

[1] 班甫：位於加拿大境內洛磯山脈的著名旅游勝地。

透過火樹銀花，遙望
長街盡頭更遠處的藍色
雪峰和傍晚深藍的天宇

恍若一隻晶瑩閃亮
的巨大貝殼，出現在
魂夢的海底深處
我心無雜念地踱步，只祈願
別在這裡醒來，
也別在這裡睡去，班甫

別忘了叫你娘打個電話給我！

「別忘了叫你娘打個電話給我！」
這句終於聽明白了
前面一大段竟只聽懂了我的小名
這是我熟悉的聲音
雖略帶口音，卻是我從小聽慣的鄉音
這是我外婆的聲音

十多年沒回去
我哥告訴我說家鄉已經面目全非
曾去過內地一些城市出差
這點倒不難理解
十多年來
終於見到了外面的世界
西半球，南半球
偶而會夢見自己身處以前
如今已不復存在的地方
十多年來
我學習新事物
憧憬新生活

可沒料到我的心
已開始蒙塵

天色已晚
我迎著回家的人群
緩緩走向地鐵站
去上班

倖存者吟
——仿奧爾森

漆黑一片
扭動。麻癢
乾澀的喉嚨
沉默已久
塵土的氣味
依舊。扭動

暮春的落花
大地的震吼
以往的過錯
皆歷歷在目
扭動。一絲光線
也看不到
是黑夜
催眠了萬物？

別睡！在廢墟中
困守，身體的

傷痛怎及得上
心靈的疲倦？
夢，斷續的夢
神志的鴉片
能撫揉疼痛
搖動。透體的飢寒
令我醒覺
這悠長的孤寂
難道是某種永恒？

黑暗突然變得朦朧
生命的呼喚
愛的呼喚
遼遠而清晰
眼皮開始跳動
人聲吟唱贊美詩
搖動。我緩緩
升起，并再生……

賭徒

剛擺好籌碼，
他雙手握住盛有熱茶
的杯子，暖一暖手，
松弛一下全身微顫的肌肉。
從酷熱的街上進來，
卻沒想到這華麗
敞亮的大廳裏，
冷氣開得這麼厲害！
不知這一次
紙牌另一面的數字
會不會如他所願？

每一次的抉擇都
令人困惑，後果
當然也是自己承受，
他默然看著艙外灰色天空下
不斷涌動的海浪，
突然想起一幅不知在哪兒
看過的風景照：
夕陽下的海面，或湖面？

平滑如鏡，無比安寧，
那種從遠處
才能看到的靜止的水面。
他的嘴角不禁泛出
一絲苦笑……

有所思

又到了梅雨季節
有一天終於沒下雨，便出去了
可總拍不到好的風景照
稍遠點的地方
看上去已是白茫茫一片

回港之後還會有
電話、短訊、即時聊天
地球的確是變小了
凝情的眼神、可掬的笑容
有照片、視頻保留
既有好的科技
也就無須消耗太多的記憶力
短暫的離別
也就不算甚麼

每日裡上班、下班
股市、房地產
政改方案、匯率制度的改變
耳濡目染之下

這些本來聽起來如同囈語的事
竟也開始覺得切身了。
或許不少人也在經歷
相似的狀態
那其中的苦悶、紛繁
也就不算甚麼

鼻子有點塞，
估計是傷風了
不巧耳垢的老毛病
也在此時發作
連偶能舒懷的音樂也不能聽
清晨還做了個靈魂出竅的夢
是種悲悚的感覺
只是想不起來當時是否
審視了自身

長假期終止

沒有睡意
不均勻的呼吸和香奈兒五號
殘餘的氣味在黑暗中彌漫
背靠著溫軟的身軀，凝視
窗簾邊緣天花上的一條
微弱反光
我腦子裡一片空白
天亮就要分離

沒有陽光
只有雪在窗外紛飛如絮
洗好了碗，抹好了桌子
削好了一個雪梨，一片片
在她慣用的碗裡放好
然後收拾行李

沒有人送行
機場總是遠離市區
我一路發呆，直至收到
她的手機短訊

機艙內的燈光忽然變暗
我凝視落到艙窗上的
純美的雪晶體
逐漸化為
水滴

波塞冬之怒

桀驁自恃的神祇，又一次在海底揮動
他的三叉戟。頓時狂濤升騰，撼天震地。
嘯吒以洩其拗怒，致驚潮湍悍，向海岸奔湧，
越過顫抖的防波堤，
在陸地上席捲而過，掃過田野，掃過村莊，掃過城鎮；
波浪翻滾，汽車翻滾，房屋翻滾，輪船
翻滾。隨波逐浪的，除了沙石樹木，其餘便是人
或人的創造物。是與諸神的爭執，還是對宙斯的不滿？

當怨戾的海水緩慢退卻，空洞的風開始巡遊，掀動掛在
頹垣上的板條、地上狼藉的鐵塊，發出咯吱聲響。它掠過
斷裂的公路、橋樑，眺望遠方仍未熄滅的熊熊烈火，
應和某處尖細的尺八吹奏，目送受脅迫的靈魂進入
令人敬畏的哀得斯[1]的領土，而裹創的人在零星飄落
的雪花中默默前行，神情略顯困頓，深鬱的眸子閃爍。

---

[1]　古希臘神話中，波塞冬和哀得斯（Ἀίδης，或譯黑帝斯，哈迪斯等）皆為宙斯的兄弟，分別主宰水域和冥界。

五柳先生

辭官歸故里已將近一年了，
農耕生活確實辛苦，不過我
一直都喜歡鄉村，總能找到
其中的種種樂趣。親戚朋友
似乎對我的決定表示理解，
有的還說了些祝願，老婆
偶爾會嘮叨幾句，大致是說
做農民收入少，總不如做官
穩定。我沒有順應世俗的志趣，
葵藿傾葉，物性然也；只要
不用再見到官場上某些人的
嘴臉，生活苦點也值得。暫時
家計還沒什麼困難，少量的積蓄
還能維持一段時間，不過
農耕生活終歸要看天意，
我在南邊開墾的田畝也不知
收成到底會怎樣？對於生活，
我並無奢願，無非是吃飽穿暖，
有茅棟棲身，閒時遠足山林，
或讀書撫琴；沒有美食不要緊，

偶爾能喝兩杯濁酒，與自己的
身影為伴，就會很滿足。其實
辭官之前我也曾反復思量，
要是我一個人，自然是率性
而為，但上有老下有小，事情
便不是那麼簡單。雖說現在的
生活遂我的心意，有時總不免
覺得對不起家人，要他們跟著我
受苦是否應該？我年輕的時候
有過大志向，想去很遠的地方，
自覺讀過點書總能有所
作為，沒曾想官場紛濁，而我
又拙於人事，都不惑之年了，仍舊
一事無成。現在已經是盛夏，
這幾天特別悶熱，我坐在草屋前
的柳樹下乘涼，回想春天的時候
南風吹動禾苗的情景，每天
一大早就去田間，荷鋤歸來
已是月色東上的時分。秋天，
秋天會是怎樣的景象？是白露
為霜，還是晚陽中的金黃？

氣象

江河的水
往低處流
離開山林
湧向近海的城市

積聚的民族
往高處走
離開地面
倚託鋼筋混凝土

暮春的湖邊
笑語錯雜
一連串肥皂泡
帶著斑斕色彩
飄向上漲的湖面

蒼茫的海邊
烈風殷動波瀾
崩浪衝擊岸頭
飛濺無數泡沫

那拍驚堂的手
因時常在權勢的慣性裡
衡平人情
而疲乏無力

高舉火把的她
到人間遊歷
卻在千萬高樓廣廈
的燈火中隱沒
惟有夜深時的一些
不眠者才能認清
她並非女巫

教堂的木門

教堂的木門躺在陰影中，
呆看著不遠處的一片陽光。
教堂廢棄後，它似乎已經
在這兒待了半輩子。

這就是我的下半生？不會吧？
好在這地方不潮濕，要不然
我很快就會腐朽，在這世上
消逝。

又是個陽光燦爛的日子，
一位老人發現了木門，
仔細端詳著，漠然的面容上，
目光閃爍不定。

我是塊木材，這人可能
想用我。只要能離開這地方，
幹甚麼都行。

果然，老人叫人把木門
搬回了家。幾天後，他便在後院
揮起了斧頭劈木門。

看樣子我就要步入人生的
最後階段了，多數木材
都要面對的最終命運：
在火裏獻身。也許
會燒成碳？據說用途不少。

老人用刨子刨木門，
不時地摸一摸，敲一敲，
細細端詳。

這人是個木匠，想把我做成
小木塊。我以前是塊大木塊，
為人遮風擋雨，笑臉迎接
教眾的到來，小木塊的用處呢？

老人繼續刨木門，
木門現在又薄又平，
還具有了某種形狀，
優雅的形狀，
中間還開了個孔。

家俱，或是某種擺設品！
畢竟我是塊雪松！
怪不得當初他看得那麼專注。
一定是我漂亮的紋理，
又長又密又直，只有
雲杉可以和我相比！

木門睡了個好覺，現在
它正借著晨光環視這間屋子。
大小形狀不一的木材到處都是，
還有各式各樣的工具：
尺寸不一的銼刀，刨子，
像架子一樣的切割器，
鉗子，小拉鋸，小扳手，
鑷子，各類膠水……
有些根本叫不出名字。

把我做成木門的那位木匠
可沒這麼多工具。

突然，它發現對面牆上
掛著一塊和自己同樣形狀
的木塊，優雅的形狀，

猶如女人的軀體，
只是沒開孔。
更為深褐的顏色，
卻鮮豔得多；
淺色的長條花紋
曲折而下，而且是對稱的。

這花紋怎麼生得這樣勻稱？
倒像是兩塊有相似花紋的木塊
拼成了一塊。
難道這就是傳說中的巴西薔薇木？
我要是和這位女郎站在一起，
誰還會留意我的紋理？
事實上，要不是湊近了看，
誰又能看到我有紋理？

老人開始用銼刀銼木門，
小心翼翼，仔細地摸，仔細地敲。
不時地端詳。

這樣下去我要變成一張大紙牌了！
難不成他要將我做成三合板？
那又何必這樣慢工細活地折騰?

老人開始在木門上
貼上細木條，一條又一條。

像是在為我加固，
那又何必把我銼得這麼薄？

老人真就把木門和那塊薔薇木
湊到了一起，中間還隔了一片
絲帶般的薔薇木長條。

哎，做配角總比被人棄置要好。
這匣子很精美，只是
邊上那柄子也忒長了點！

老人為木門裝上了尼龍線，
一根，兩根，三根；
然後是有銀絲纏繞的那種，
四根，五根，六根。
木門開始感覺到
身體被這些線繃得緊緊的，
越來越緊。

天！這樣下去我非折了腰不可！
年輕的時候我多麼結實，

這點壓力根本就不在話下！
可如今我這樣瘦弱，好在有
那幾根木條，我還能支撐住。

突然，老人的手指劃過
一根尼龍線，木門就像觸了電，
抖擻起來，吟歎了一聲。
似乎對面的薔薇木也被觸動了。

又滑過一根，另一根，
吟哦聲此起彼伏……
時而清越，時而深沉……
木門像是忘了壓力，
一時間把這些年的鬱悶
全發洩了出來。

樂器！我成了樂器！
以前我只是聽眾，
每逢禮拜天，就能聽到
唱詩班的歌聲。只會
咿呀、呼蓬地大呼小叫。
沒想到如今我也能吟唱。
美麗的巴西女郎，

我現在有了樂音！

只不知誰人會聆聽？[1]

---

[1]　雪松和雲杉是製作吉他面板的主要木材，而面板則是一把吉他發聲的最關鍵部件。

　　傳說西班牙製琴家族米圭歐‧羅德利圭斯（Miguel Rodriguez）無意中發現了一扇廢棄的教堂大門，並用它制出了一系列吉他，稱為「教堂門」吉他。很多著名演奏家，如羅梅洛家族成員，在演奏會和錄音室使用了這些吉他。

低燒

好些天了
我乾燥的口舌
疲緩地吞吐空氣
以免窒息

意識還有
足以跌跌撞撞地
步入衛生間
痛苦地向我這
無謂的人生
做模擬式的告別
不，沒有刺骨的疼痛
只有不可言喻的難受
是肉體劇烈的煩悶
即將爆開，在潰爛
在腐蝕，靈魂
也急欲逃逸

哇，把心中的汙穢吐出
哇，把心中的悔罪吐出

渾身的冷汗浸濕了衣裳
難怪人們說
人體就是一具臭皮囊
有時一個病人
根本就是一具散發著
藥味與惡臭的半屍體
想一想那些整天面對著半行屍
的家人、醫生或護士
好在這些半行屍
多數能復活

怕不怕下地獄？
如果地獄的煎熬
就像嘔吐前那樣的
不可言喻的難受
（還可能更加酸酷）
我怕，非常地後怕

夜遊宮

八點，朋友在茶餐廳裏等位子，
我在門口徘徊，眯著眼睛
瞥往來的路人，體味剛才
坐車下山帶來的暈眩。
也許只是門前「聚光燈」的影響？
或是剛回港，還未能適應
那過山車式的下墜感覺？
沒人會留意我，不過是另一個
等待中的路人。

夏季又到了，這是她
最忙的日子。
應該剛下課，正趕回家，
很快便會歇息，因為明天又得
早起，而我卻在這千里之外
無所事事，彷徨四顧。
先前看海的時候，
濕熱的風已經讓我
想到了酒。

夜色深沉，當我真的半醉回家，
就知道這又將是個不眠之夜。
我是個有自制力的人，
每次想醉，卻又不能容許自己
真的醉倒，然後一整晚
半夢半醒，尋思今生。
一個人求美，為愉悅耳目，進而
搖蕩心緒，是性情之舉。
一個人求善，關乎未泯的
仁義之心，是倫理之舉。
求真最難，因為人的本性
為情所迷，為理所抑。
對某些人來說這是莫大的苦惱。
不知誰說過酒可養真，大概是吧，
因為酒可以讓真我短暫地拋開
情這雙眼鏡，理這件內衣。
愛又如何？
生於性情，歸於倫理。
愛能否養真？

快到家了，有人推著一輛
堆滿了廢紙板的車子
從我身邊緩緩飄過，不遠處
的一排「聚光燈」下，一位身影

單薄的酒吧女郎在凝神看手機，
我忽地想出了嘴裏殘留的
那與別不同的啤酒味道，
是西柚味。

風聲

盛夏，正午，
我吃著剛煮好的速食麵；
樓外陽光爍亮，
不時傳來一陣陣嗚嗚聲，
這絕非蟬咽，而是寒冬才會聽到的
風聲。

好像有強颱風就要登陸
東南某省了。
我吃著滾燙的速食麵，
回想幾天前乘車回上海：
天氣陰霾，悶沉沉的，像要下雨，
卻始終都下不下來。
我們在高速公路上
不息的車流中騰挪。
左邊一棟棟灰白的住宅樓和鐵青的辦公樓
緩緩向後移動，然後是大片的廠房；
右邊是農田，在遠方
褪色的黃綠朦朧間，
有幾處人家，接著是幾片荒地。

我們穿過好似麻花的一團高架樞紐，
離市區便不遠了。
經過了一大片齊整如積木的別墅區，
迎來的是一大片狼藉的工地，
裏面伸著十幾隻幾十米高，
在半空伺機攫取的鐵臂；
這都是大都市延亙的觸鬚，
是投資者的又一處殖民地。

不久前，聽說了江邊有丟棄的
死豬，還有死魚。
後來好一陣子，雞也沒人敢買來吃。
大量生產的人工食物，
我們早已存有戒心，
土地上自然生養的東西，
越來越少，而且不再自然，
甚至土地本身，
在我們急劇膨脹的沉重需求之下，
也已不再自然。

三伏天，
我吃著充滿味精的速食麵，
聽著樓外嗚嗚的風聲，
汗下如雨。

遲來的春天

潔白桌布上一雙白淨的手
拿著玻璃杯，杯中裝的是水，
不是酒；手上淡雅的金手鐲
　　　有一處缺口；
她的黑瞳凝視著杯中水的
清澈，水裏的黑瞳在朦朧中
凝視她面容的憔悴；好一會，
　　　她放下水杯。
窗外淡紫色的天空下，萬家
燈火開始閃爍。餐廳裏客人
已經坐了不少──他終於還是
　　　決定不來了。
留下來獨自用餐，還是離開？
就在她猶豫不決之際，酒廊
那邊傳來了一首經典老歌：
　　　遲來的春天。

望皇城

通過了安檢之後，
我們步入天安門廣場。
今天
是大晴天，
陽光照在身上，
驅除了些許凜氣。
我們邊走邊看，
雖然不急，卻也沒有到處
流連，因為我們更想去
參觀皇城。

毛主席紀念堂沒開放，
偶有幾個遊人
在圍欄外拍了照便即離開。
相比之下，遠處的人民
大會堂前，有很多人聚集
在背陰的臺階上。
應該不是與會的人吧？
人民英雄紀念碑依舊巍峨，

但我們沒有流連，
徑直走向天安門。

早就聽說
紫禁城內更多
區域會向公眾開放；
我們擦肩走過一處
又一處的人群，
終於來到午門，
卻發現已經停售門票了。
沒奈何，
只好乘坐機動三輪車
去景山公園。
我們在高峻的
城牆下繞行，
呆看著寒水悠悠的護城河，
想像城中的景象。

景山是鑿皇城池淵
（護城河，北海，中南海）
挖出來的泥土。
我們登上這人力堆壘的高處
觀望京城，
才發覺今天

的天氣並沒有想像中那麼好。
天空中煙靄漠漠，
整個紫禁城好似一張
陳舊的彩色照片：
鱗次黃瓦，櫛比紅牆，
如迷宮一般延綿。
我們沒有太多思古幽情，
只顧觀察眼前的風景。

右邊的北海
像塊發光的銅鏡，
朦朧中還可以看見白塔
的灰色小身影。
左邊的五四大街
隱約通向一座城樓，
不知又是京城的哪一座門？
至於中間的紫禁城，
我們就只能看見圍牆和屋頂。
可變焦十几倍的相機
在能見度不佳的暮色中
雖有些幫助，但那黃瓦下，
紅牆中的情景，
哪裡能看得清？
我們的旅程快要結束了，

看來只能等
下一次再來
參觀皇城。

絕句八首

霧都

能見度低也就罷了，空氣中的
焦灼味道實在難堪，舊時倫敦
的霾霧轉世來了中國。我不敢
開窗，竟盼著一場風雨的到來。

一株樹

秋日的樹葉最盛麗，蒼翠之中
蓄洩芸黃，這是充實成熟之表。
冬日的樹枝最倔強，裸形特立，
真我撐拒，渾然不懼來日枯槁。

夢想

你睡著睡著，突然伸了個懶腰，
像受了委屈，面容皺了好一會，

然後慢慢鬆弛，歸於平靜；花穗
掉落，失望過後，又夢見了──葡萄。

驚夢

立春的煙花炮仗攪斷了春夢，
放縱的雷噪或許驅走了鬼怪，
卻沒有迎來春意，來的是曉風
吹拂的雪片，寒光，和舊的無奈。

下班站地鐵

座位上的人大都在擺弄手機，
神情變幻之間，偶爾抬頭張望。
換了我，肯定會閉眼倒想。總算
我沒穿高跟鞋，沒變成沙丁魚。

爸爸去哪兒了？

每逢週末，便有億萬成人觀眾
在觀察並反思如何教育兒童。
歡笑感動之餘，有多少人會問，
或許兒童也能做成人的父親？

都會騎士

平時總在高樓間穿梭，我屢次
把自己想像成一位鄉村騎士：
別錯過那歧路；萬一馬不見了，
如何走出這森林的干霄蔽日？

詩愁

濟慈還憂慮在他死之前不能
用筆拾盡腦海中的遺穗，而我
卻時常期望心頭這徒剩深色
線條的冬枝會再次萌芽，開花。

長洲遠眺

拾級而上，走進
想望了好一會的涼亭，
喝了幾口水，才感受到海風
是清涼的。
小島上的民居
現在就像被海浪沖積在
一小片沙灘上的白色貝殼。
烈日下的水天
是灰亮還是淺藍，
要看你朝哪邊看。
灰亮的那邊只有波光
閃動的蒼茫海面與天空；
淺藍的那邊則有一灣海峽，
環抱著疊疊青山。
我知道山中有寺院，大佛，
只可惜看不見。
海峽裏漂著一條條白紗，
是往來的渡輪留下的；
有幾條漂向東面的港灣，
那裏邊是維港，熱鬧繁華的所在，

我從那裏來；
青山的西面，
有艘孤單的小船
拖著條細長的白紗
駛向淺藍與灰亮
微茫的交接處，
那是大嶼山的盡頭。
它要去哪裏？
繼續繞著青山
去機場，還是要遠離青山，
駛向灰亮，駛向
那無邊的重洋？

玄奘

晴空萬里無雲，出了盆地往北
便是廣袤磽禿的戈壁灘。此時
他還在大唐境內，正駐足觀看
面前的一大片花叢──有隻蜜蜂
在一朵花上爬來爬去，一會兒
又飛去另一朵，無暇顧慮要飛
多遠，才能採集到所需的花粉。
此去西方，他也很少去想跋山
涉水的艱辛，想的更多的卻是
取經的緣起。並不是說他從未
有過絲毫疑惑；千山萬水，既是
空間概念，也是時間概念；遙想
昔日法顯西行之時，已屆耳順
之年，十餘載才得以回歸中土；
真心嚮學的人，永不言遲，然而
十餘載可不短，這意味著他的
盛年多半得在異國度過。當然
為了研習原典，這算不得什麼，
何況他早已出家，沒多少牽掛。
他發覺中土的典籍疑難不少，

開始還以為是他的學識不夠，
後來發現不同譯本竟然互有
出入，難道思想真的止於語言，
無法跨越地域國界？他不相信。
他習梵文已久，就是因為不想
霧裏看花，他要像那蜜蜂一般，
無限接近思想之花，細細端詳；
只可惜中土原典太少，他必須
親自去西方，去拜訪名師，探索
法相的真義。

　　　那隻蜜蜂飛走了，
想必是要去尋覓另一片花叢。
它們收集花粉，釀造蜂蜜，固然
是為了自己，卻也造就了萬千
花草的生長。快秋天了，他知道
旅途中看到花的機會會越來
越少，但他相信他一定會再次
看到盛放的奇花異卉，而且他
還要把它們移植到中土，以助
受苦的國人悟出真理，這才是
他最終的目的。

　　　可是他能去嗎？
朝廷一直都拒絕發給他過所，
這教他怎麼出邊關？或許守衛

會被他的誠心打動，網開一面？
他心裏沒底，還知道以後會有
更多的關要過。每當遭遇困難，
或身心疲憊，他總會想像未來
在西方鑽研原典的精進，想像
多年後在嵩山僻靜的陋室中
將梵字轉為漢文的一心一意。
蜜蜂傳播花粉，跨越的是空間，
他希望他傳播的花卉，不僅能
跨越空間，甚至還會超越時間。

盆地外的陽光更加清明耀眼，
玉門已經不遠，四野寂絕，惟有
風在鼓動大漠中的渺渺征人……

風氣

唐宋以還，這樓臺雖留有
昔日黃鐘大呂的餘響，
其畫棟綺窗已漸漸褪色了。
如今此地偶爾能聽到的
只剩下樓前林間的黃鸝；
即便這微弱的鳴嚶
也常被風聲淹沒；盡日絮煩，
時而尖厲的風，像個拙澀
的演說者，全無聲色情韻。

西方也有高樓，只是時空
阻隔，難以看到實相。
此地的人倒是安於霧中看花，
遠遠地欣賞那聳入浮雲的輪廓。
奧維德曾在那高樓上
祈求眾神將他的歌聲
紡成不斷的長紗[1]；

---

[1] 奧維德的《變形記》開篇這樣寫道：
　　　我有心訴說形態怎樣轉變為新的
　　　實體；眾神！請予我的事業（因為這也被

華茲華斯說話如清唱
一般動聽[1]；可惜此地的人
聽不真切。沒有鐘鼓管弦，
他們再也唱不好歌，
說話也變得漫不經心，
碎亂如隨風的飛絮；
自然的景象，
他們無動於中，
尖新雕琢的造象，
奇異的山市蜃闕，
才是他們的喜好；
雖常以哲匠自詡，他們只學會了
拼湊馬賽克，色彩固然豔麗，
卻失之草率或支離，不論
遠觀還是近覷，都看不出
究竟是什麼圖案。

我不是那林間的黃鸝，
只是樓前石階旁的碧草，
仰視著臺閣，年年自春。

你們改變了）以靈感，自世界初始
直至我的年代，紡出這無間斷的歌。

[1] 華茲華斯認為好的詩歌語言和好的散文語言并無二致（見《抒情歌謠集序言》）。

世事與景物不同了，
風響則日漸空洞；
也不知什麼時候會有
哪隻黃鸝飛進去，
化鳴嚶為前世記憶中
依舊的弦歌之聲？
我還常想，假使老杜
與陶淵明在樓上相逢，
會怎樣唱和？

沒車的人

下了公車，總要經過
一個十字路口
才能到達小區。
在這個國度，每到一處
十字路口，你都得耳聽
八方，眼觀六路，
因為斑馬線兩頭即便是綠燈，
車子也可以從側面
拐過來，
有時甚至是高牆
一般的大客車！
記得以前問過我哥：
「開車的人最怕什麼？」
「最怕從人行道上
突然沖出來的人。」
不知道開車朝著走在
斑馬線上的路人
拐過去
是什麼感覺？
而城裡人的兒女

過馬路居然還敢
眼觀手機！

小區充滿了淑鬱的草木
氣味，只是那些停得橫七豎八
的私家車有點煞風景。
剛才在公車上
看到一段電視宣傳片：
幾十台三角鋼琴
演奏綠洲鋼琴曲。
車上聽不清音樂
有多麼清新悠揚，
綠洲的氣息
當然也聞不到，
但聞略帶汗臭的空調味
總比等車時聞十幾分鐘
汽車廢氣
和二手煙
要好。

前些天，老婆搭乘了一輛
不用燒汽油、零排放的豪車，
自此便愛上了拼車。
查看她的微信，

這回卻不是拼車優惠券，
而是條視頻的鏈結：
在野生動物園那邊，
十幾隻老虎
咬死了一隻小熊！

意外的旅程
──給安

「這裡我們來過的，怎麼又
兜了回來？」比爾博喃喃自語。
陰森叢林的空氣令人
疲倦，放眼盡是藤纏
參天枝幹的疊影；
甘道夫不在，他們究竟迷了路。
矮人們知道，穿過了這片
無際的叢林，孤山就不遠了。
那山底下的黃金寶石
是他們追求的目標，那裡
便是他們的家園。

比爾博聽說，這叢林
常有巨型蜘蛛和精靈出沒，
其他還有什麼危險潛伏，
更是無法預知。
他知道，他也要去孤山尋寶，
然而寶藏本身並非

他追求的目標，他想的只是，
盡了他應盡的義務，
便可以回老家，回到他的書桌旁，
享受獨處的自在。

寶藏真的對他
全無吸引力嗎？
那為什麼他對那枚
在迷霧山中找到的戒指
一直都割捨不得？

他和矮人們之間
就只有約信嗎？
不正是朋友的情義
給了他勇氣，和他們
一同闖過一處
又一處險境？

猴年

最冷的日子已經過去了，雖然
季節的變換對於我意義不大，
我還是想趁新年的來臨盤算
一回。我不愛回憶，喜歡向前看，
然而當面前的景象定格久了，
記憶便會在蠢動的腦海浮現。

我隱約記得胚胎時期聽到的
蕭蕭雨聲，攙雜著朦朧的蟲鳥
音樂。兒時貪玩，不知何為煩惱，
後來漂洋過海去學本領，遊樂
竟成了奢侈，認真與勤勉反倒
不再是概念。昔日的學友一別

如雨，大多面容模糊，能記得的
就只剩學院後山的桃樹，以及
某個夜晚的斜月與數點星光。
當我御風騰雲飛回故國，不羈
不群，運命在握，是我俯瞰渺渺
波光的感覺。年少時有點傲氣

本來也沒什麼，牛朋禹友一捧，
竟至忘了形，接下來無視閻王，
不敬上帝，最終上天當然沒有
讓我一展所長。老天使的愚弄，
同僚背地裡的嘲笑都是小事，
潛能無處釋放才是我的怨恨。

我還記得在深海第一次撫摸
那鐵棒的莫名興奮──粗壯挺直。
這傢伙掣出來有時是會闖禍，
揮舞急了便很難控制，可這是
我受困的緣由嗎？不是，我失去
自由的真正緣由其實是憤怒。

常人的憤怒是驟雨，有時不免
打爛一些花草；憤怒添加了恨
或變得歇斯底里，便成了妖魔
之怒，那可是山洪，破壞力無法
估計。匍匐了五百年，我不後悔
未能勝天，卻遺憾修行未到家。

昨日清晨金光萬道，瑞氣千條，
菩薩現身來看我，我求他指點，

他說要自由，可以去西方一行。
度日如年數百年，自然想不到
這新的一年是我的希望之年，
願取經人洗滌我蒙塵的心靈！

或許這個冬天太寒冷

或許這個冬天太寒冷，我們家
　　那株綠蘿竟發黃，枯萎了。
過不了多久便是清明，倒春寒
　　卻讓人想起終複的冬心。
舅舅通知我說外婆又住院了，
　　趁回鄉辦事，正好去看她。

外婆是個大塊頭的女人，嗓門
　　也大。記得小時候聽到她
生病時的呻吟聲，總感到驚心
　　動魄，「快點送她去醫院呀！」
看到我著急的樣子她就會笑，
　　仿佛我緩解了她的痛苦。

如今她縮在病床上，如此瘦小，
　　手上和臉上插滿了管子，
很費勁地呼吸。終於，她睜開眼，
　　盯著我看，咿嚶著想說話。
可那話語和喘氣沒多大區別。
　　我輕握她那冰冷的雙手，

沖她微笑；她的神情全無變化，
　我只看見她眼角的淚水。

當天晚上，妻子說感覺冷，要我
　抱緊她，又說一想到將來
或許某天她的外婆也會變得
　和我外婆一樣，便很難過。
我不知道怎樣安慰她，只一會，
　她便蹭了我一臉的眼淚。

從此以後，我再也不會做惡夢，
　除非其間同時感受到了
饑渴、眩暈、惡心、虛弱、欲呼無聲、
　疼痛與窒息、昏暗與寒冷，
除非有一天我也懷疑這是否
　永生路上的另一次贖罪。

今天是個大雨滂沱的日子

今天是個大雨滂沱的日子。
清明一過，天氣就變了。
平時等車的公交站裡滿是積水，
我只能在遮蓋以外
找個立足之處，
將妻子的一把小陽傘
儘量壓低，
一直壓到
低著的頭上。

今天淩晨外婆走了。
這些日子她受的折磨
終於消散。
她對我說過，
她不怕死，只怕病。
到頭來，她還是得面對
她最大的恐懼。

如今她留給我的形象
快活的居多：

雙手插在暖手套裡，
頭上的絨帽歪歪斜斜，
樣子有點滑稽，
說起話來繪聲繪色。
可她這一生受的苦，
她這一代人受的苦，
我可能永遠也無法
完全理解。我只祈願
她在黃泉路上還會記起
我曾帶給她的些須快樂。

我的鞋子全濕了，
今天等車的時間特別漫長，
但我不著急，因為我沒有
著急的精神；
不過是清晨，
我已經感到困倦，
就只想聽憑雨水
和時間流淌。

土木狂想

這片土地上的城鎮如今任由
這些密簇荊榛取代曾經生意
欣欣的青枝。我屢次在地鐵裡
遠眺黃埔江對岸的天空，仿佛
那柱蠢蠢欲動的龍捲風隨時
會席捲開來──劫後的荊榛或許
不會再蔓延，然而還會有多少
殘餘的青枝為我們點綴蕭條？

你來到我身邊

看我，
是為了享受陽光，
或欣賞風景，
或羨慕精美的陳設，
並非真的看我。

有時你看我，
是為了觀察自己。
有時你神色迷幻，
對著我自言自語；
有時你怒容滿面，
惡聲不絕，
甚至向我潑水，扔東西，
甚至一拳將我擊碎，
於是我也割傷了你的手。
然而我知道
你念叨或怨恨的
並不是我。

你只在視覺模糊或口渴的時候，
在觸摸或把持著我的時候，
在我滿身灰塵或曬得黝黑的時候，
在我流淌著汗水甚至淚水的時候，
意識到我的存在，
因為我透明，
因為我反映。

練琴的人

少年時沒條件學琴，特別羨慕
能用奔跑的十指激起千萬種
聲情的人。我學會了聽暴風雨
和鬼火的節奏，聽黎明和冬風
的動機，可惜耳朵只能夠感受，
不能夠表達。如今我日復一日
在琴鍵上爬行，已經沒了追求，
不過為了生計。有時琴鍵好似
時間滿嘴白森森的鋸牙，牙縫
漆黑，不停蠕動，緩緩噬嚙我的
人生。有一天，我做了個白日夢，
樂譜上的音符跳著舞問：假設
你能夠將我們全都化作文字，
你的藝術會不會躍然於白紙？

記憶

有時會突然間浮現，
只因看見了某些
物事或風景。
隨著年紀的增長，
它會越藏
越深，最終
在黃土裡
完全消逝。

或許，在你看著一個酷似
自己的孩童玩耍的時候，
它會重生，以一種
新的姿態延續，
甚至你可以
修正──不會
再走的彎路，終於
能實現的理想……

或許，和陌生人一起延續
歲月精選的，超越

個人的長久記憶——
甲骨、紙草卷、石碑、
書籍、光盤——
凝結人類情懷
與事跡的
琥珀。

秋興

不知何時開始我習慣了素食，
　也許我呼吸了太多瘴霧，
身心出現了衰憊的徵兆。早已
　厭倦在都市叢林裏求生
的浪子生涯，我不再通宵徹旦
　在虛擬戰爭中摧毀敵人，
對圖片裏那些個妖嬈的陌生
　女人不再有褻玩的衝動，
甚至緬懷幻想了多次的浪漫
　時刻也不再會痛心入骨；
錦衣，佳釀，香車，金屋在我眼裏
　由奇花演變成了凋枯的
樹葉。我的播種時期已然錯過，
　難道還能夠期望在秋嵐
降臨之際孕育新的生命？莫如
　早日走出這叢林，去廣大
的四海遠遊，跟隨能言的嚮導
　追溯人道的不尋常軌跡。

我沒有迷失

悟空回來了，他已經不是第一次
飛回花果山或其他的仙島洞府逍遙去了。
沒有他，取經之路必定更加渺茫。
悟能也能降魔，還不介意幹點粗活，
但無論法力，智謀，勇氣，都與悟空相去甚遠。
最頭疼的是，他不時嚷著要回高老莊，
仿佛飲食男女便是人生的全部。
悟淨的法力連八戒也不如，好在不會
像他那樣偷懶，總在一旁默默耕耘。
至於我，一介出了家的文弱書生，
多次為妖魔所欺，險些丟了性命。
像我們這樣的師徒真能湊合到西天？
加上白馬，我們總有三心二意。尤其悟空，
他受不了我的固執，我也受不了
他的狂傲，有時念多了緊箍咒，
我也覺得於心不忍，只得由他去了。
為何他還要跑回來？就只為了恩情？
這未必長久，說不定幾時我們又會面臨
散夥的危機，不過憂慮歸憂慮，

我沒有迷失，
只知道不能放棄。

多年沒有漂泊，俄底修斯坐在一塊
巨巖上，看遠處浩漾的大海。
卡呂普索芳潤旖旎的洞穴，
她醉人的體態與歌聲，
宛如空花夢幻。
儘管卡呂普索一直要他
把這裡當成家，他從未有安定的感覺。
只不過少了風浪，少了同伴，
少了求生的警惕，這是另一種
停滯不前，沒有方向的漂泊生活。
那大海越看越像一片
令人嚮往的無邊綠洲。
──卡呂普索留住了我的人，我的心
卻不甘受困，總想駛向伊塔卡，
我沒有迷失，
只是在等待時機。

後主見孔明獨倚竹杖，在小池邊觀魚，
在後佇立良久，才溫言道：「丞相安樂否？」
孔明迴首，慌忙棄杖拜伏，「臣該萬死！」
後主扶起，問道：「敵軍五路犯境，

為何相父遲遲不肯出府視事？」
「臣正在思量對策，並非觀魚。」
蜀漢正值多事之秋，
平定內亂，抵禦外敵，與東吳
講和，之後還需整飭朝綱，
讓軍民修生養息，千頭萬緒，
恰似群魚攢動。
──興復漢室是先主的遺志，
也是自家的平生抱負，
我沒有迷失，
遲早我要克復中原。

淑和孩子們還沒有回來，裘德坐在
扶手椅中，想起他在基督寺
獨自奮鬥的日子。白天
在石廠做工，夜半則挑燈
苦讀經典，那時他年富力強，
不把勞倦當一回事，
何況他有理想。
他希望這場風寒快點好，
然後希望快點找到工作，
甚至希望有朝一日，如果淑
不反對，他能再一次回到基督寺。
為何他對那古城念念不忘？

——如今理想已化為黃昏時
在天邊留連的片片彩雲，
我沒有迷失，
只是寸步難行。

初雪

在辦公室裡看雪
有種浪漫的感覺，
就像慢鏡頭中的一場雨，
無聲地飄搖而下，
假如意識
總比外部世界快
十幾倍，生活
會有怎樣的變化？

南方的雪常夾雜著雨，
我拎著一大袋東西，
撐著傘，踩著滿地
的雪泥與積水
小心翼翼地挪步，
一個腰不好的人
拒絕跌倒的浪漫。
回家的路在昏暗的路燈下
彷彿沒了止境，
羽絨衣上的兜帽
可以協助我的短髮

遮擋劈腦的寒風，
而我的雙手拼命想念
在家的手套。

小區裡亂停的車輛
在雪後的清晨
變成了潔白的饅頭，
一個身穿鮮紅
羽絨衣的小女孩捧著
兩大坨不知從哪輛車上
扒拉下來的雪
匆匆走回小樓；
靜止的空氣中
隱隱傳來鳥鳴聲，
我頭一回發現
原來陰天
也可以如此明亮。

春夢三章

夜有所夢

我在庭院的一角
看我的課程表，
剛下課的學生們
在我身旁絡繹走過。
快要考試了，我的數學課
還有好幾章沒有複習，
還有不少難題沒有完全理解，
得加緊用功。
我又計算了修過的學分，
竟然發現我還得再讀一年，
可是我的錢
已經用得差不多了，
難道我畢不了業？
快上課了，我在空蕩蕩的
教學樓裡四處奔走，
尋找下一堂課的教室……

除了以前的家，
我夢到最多的便是學校。
曾經留學的地方
似乎總在陰天浮現。
少年人常常厭倦學校，
我一個中年人有時也厭倦
日常工作與社會。
或許我的少年心性
尚未湮滅，竟然在夢中
迷上了法術，還打聽到
有一間法術學校
在一處水明山秀的地方，
那裡有森林，古堡，異獸——
我倒不在乎獲得高強的法力，
只在乎學習法師們的語言，
瞭解那個世界的奇人遺事。

於是我夢見了國王
十字車站。我在絡繹的
人群中四處奔走，
尋找九又四分之三月臺，
生怕在變老
之前沒能趕上
去霍格沃茨的火車……

在山上

問題是出家，還是不出家：
深居陋室、遠離江湖、
布衣蔬食，不是問題；
不能殺生、誑語、
嗔怒、淫樂，更不是；
問題是我不能生兒育女，
還不能喝酒！
我已經是個無用無行的浪子，
辜負了師門，難道
還要我做個自絕子嗣的不孝之人？
難道少林這門牆
便是我應得的懲罰，
唯一的生路？

令狐沖近來總睡不好，
多夢，說出來
盈盈都忍不住取笑：
「你做過尼姑的首領，
還在恆山上被人剃了光頭，
做一回和尚又何妨？」
少室山上的安寧與高深武學

終究沒有留住他，
當年的際遇早已被
盈盈的一往情深潛移
暗化成了華山的雲霧，
註定會伴隨他這一生。
為了了卻他的一樁心事，
盈盈還特地帶他去看了
再也下不了山的
勞德諾。

白日夢

醒醒，醒醒，都已經日上高樓了！
夜闌人靜的時候揮發想像力，
竭慮使腦汁變乾，腦筋變困乏；

睡意，睡意，姍姍如黑暗隧道裡
初露的光明，它逐步擴大，最後
化為片片日光，照射花天錦地

的周遭，一時是劫後的九寨溝，
一時是堆積如山的共享單車——
你想去哪裡？又想著離家出走？

遠方的草原、橄欖樹誘發天樂，
卻不能持久；絕佳景致看航拍，
同樣是訴諸外物；苦心追求的

身臨其境往往不過車水人海。
市井中也有僻靜，要看你的心
能走多遠，沒必要親身去塞外

流浪；只因你的想像耗盡，只因
長城遮擋了你的耳目？夢見過
古時那位盲目詩人嗎？在海濱、

山村、名都吟遊，無處不受寂寞
風塵，留遺的英雄傳奇卻不受
歲月與地域的阻撓，譬如薪火，

總有機緣復燃。夜空中的北斗
衛星在看你，海報上的小明星
在看你回家；拎著飯盒在橋頭

踽步，你的目的地在眼前變清，
美夢應在夜裡，家裡期望；醒來，
白日是生活的時辰，何必任性？

充電

在澳門的巨型
酒店之間漫步，
不是為了感受
現代旅遊業的壯觀，
在精美的歐式門廊
與天花壁畫下漫步，
也不是為了接受
異國文化的薰陶，
祇為了擺脫
例行的生活節拍，
為了在富麗堂皇的表面
蹭些奢華，
即便飲食購物
也可以演變為優質
生活的自我宣揚——
換上賓客的新裝，
從一種繁華的陰影中
步入另一種繁華的幕前。
無處不在的香水氣味

和8字摩天輪上的風景
如同影視劇一般真實。

第一個工作日的早晨，
在上海市郊等車
是讓體內的化學能量
沉澱的重新開始。
在小區，隧道
和商業大廈裡隱身，
在人流，車流
和廣告牌之間穿梭，
感受直射的溫暖陽光
或透過雲層的冷淡陽光，
接受零星雨水
或傾盆雨水的施洗——
換掉偷閒者的睡衣，
從無節制的倦怠
回歸有規律的疲勞。
蔬果草木的氣味
和公車上的風景
如同超市一般充實。

去南鄭

「秦滅亡了，
天下太平了，
還待在楚營幹甚麼？
項羽兵勢強悍，諸侯畏懼，
但並非人人都服他，
天下未必真就太平了，
待在軍營還會有飯吃。」
他的性情放縱，
不得推舉為吏，
又不會做買賣，
養活不了自己。

他緩緩擦拭長劍，
「難道就一直備馬，執戟？」
除了這柄劍，
他身無長物。
如今終於不用再看
南昌亭長夫人的臉色，
可是他怎能忘記
淮陰屠中少年的侮辱

與市人的訕笑？
怎能忘記淮陰城下
漂母的憐惜與訓斥？

「項羽乃常勝將軍，怎會理會
我這無名郎中的進言？」
咸陽宮室的火焰終於熄滅了，
風中的煙氛味也淡了，
各路受封的諸侯陸續散去。
「何必待在楚營碌碌蹉跎？」

鴻門宴上的肅氣
籠罩不了劉邦的膽略；
在他看來，沛公的委曲求全
不過是寫著「怯弱」二字的面具。
「沛公長者扶義，或許追隨他
將來會有所成就。」
先入定關中者王之——
功勞不下於項王，
沛公到底成了漢王，
祇落得謫徙漢中。

「漢軍已經開拔，
我要不要跟去？

聽說去南鄭的棧道難行，
漢軍一入那邊陲之地，
恐怕王業更加難興。
然而真正的事業
豈能輕易成就？
俗話說，駿馬的踟躕
還不如駑馬的安行。」
他推開帳門，
深吸了一口氣，
寒星滿天的遙夜
最適合遠行。

咀嚼風景

我坐在酒吧裡，
聽著外語歌曲，
看玻璃上反映的燭光，
看窗外江面上的數座橋樑，
看彼岸高聳入雲
巴別塔似的上海中心。
妻子在酒吧內外周遊，
用手機收集風景。

或許很久沒吃火鍋的緣故，
她喝一杯不透明的鮮紅
川味雞尾酒。
不過妻子之意不在酒，
在乎手機裡觀眾的反應。
我喝一杯半透明的深紅
白蘭地，同樣
醉翁之意不在酒，
在乎景物與歌詞的意味。

在城裡登高，只能看
人為的風景。
雖然酒貴，
可還是比出遊便宜。
有沖霄的燈光，何必
非要星月之光？
──在都市的窪地
與空中樓閣之間俯仰，
在滯塞的道路
與不受阻隔的電波之間觀望，
在盛裝的貴人
與便衣的素人之間環顧──
既然在人境，何必
強求心遠？

當酒氣滲透我的視野，
當路上的繁燈流動如銀河，
從未欣賞過的橄欖
竟然像夏夜香濃的風一樣
令我回味。

歷史愛好者

他坐在沙灘上，
抬頭看了一眼平靜的海面，
然後繼續看他的蘋果手機。
明天就要回國了──
究竟西楚霸王
算不算真英雄？

新的合約沒談成，
公司產品的銷售多半不如往年，
無奈之餘，不如趁機
享受半日加州陽光……
光線暗了不少，
他調整了一下
手機的亮度──
漢軍開始修棧道了。

他身前不遠處的一片
原本平坦的沙地
不知何時被螃蟹的步伐
踩得坑坑窪窪……

海面似乎在不安地起伏——
楚軍開始攻打齊國了。

然後風開始叱喝，
雨點也開始指戳：
別再想楚漢相爭的事了！
他皺了皺眉頭，
拿出了隨身常備的傘——
不能遮擋加州的山火，
但可以遮擋加州的風雨。

明媚的清明

當太陽不再垂簾，
東風不再冷峭，
我留意到高架上的盆栽
開出了小花。

電視裡的山嶺用錦繡裹頭，
田野被油菜塗抹成了綠黃，
我留意到即便是人工
培植的自然景物
也在煥發光彩。

我在城裡踏青，
在大街、里弄、公園踏青，
觀察窗臺、樹叢、花圃──
恍然留意到
其實春天也有
不少落葉，其實
我們一直以來都習慣
在新的生命中
緬懷逝去的生命。

金尼閣

「如果東林士人是普若克內
和琵蘿梅拉姊妹，
閹党便是那特雷科王。」[1]
說大明那些事，楊廷筠
總也會說宦官的作為。
而把大明那些事給歐洲
介紹的人當中，利瑪竇
功勞最高，能把他的書[2]翻譯
變成拉丁文，我實際上很榮幸。
再次來中國，我們搬運很多書，
能把歐洲文明給中國介紹，
更加是我的使命。

---

[1] 根據奧維德《變形記》中的描述（卷六，第 424 – 674 行），琵蘿梅拉
（Philomela，或譯菲洛梅拉）因被其姐夫特雷科（Θρήκη，或譯色雷斯）國王
忒雷伍斯（Tereus）強奸並割去了舌頭，與姐姐普若克內（Procne）共謀烹煮
了忒雷伍斯的兒子給他吃。在他吃完之後，兩姐妹獻上了他兒子的人頭，忒
雷伍斯狂怒之下抓起一把斧頭追殺二人。兩姐妹在絕望中祈求諸神將她們變
成鳥，結果姐姐變成了燕子，妹妹變成了夜鶯。

[2] 指利瑪竇的《中國札記》。這本書一直以金尼閣的拉丁文版(1615)及其各種譯
本在歐洲流傳，反而義大利語原版直到二十世紀初才出版。

我和利瑪竇只有神交，
然而楊廷筠實際上認識他，
不少他的事還跟我說過。
「東林書院我去過，
他們只是就天下事
各抒己見而已，清談
就能誤國？我不相信，
至於割掉人家舌頭嗎？
咱們這位忒雷伍斯
是己所不欲，竟施於人，
可憐琵蘿梅拉沒來由被糟蹋，
普若克內卻也不是吃素的。」

儘管楊廷筠，還有徐光啟，
李之藻等等答應了參加其中，
不知道我們這幾千種書
哪年哪月才能翻譯變成中文。
「如果有人撕了你的譯稿，
你會怎樣？」——我不知道
究竟琵蘿梅拉還是普若克內
被變成了夜鶯，只知道忒雷伍斯
被變成了一隻冠冕堂皇的「臭姑姑」。
南屏山依舊在，
西湖幾度夕陽紅？

歷久彌新的文字和真知
難道會被一時的卑鄙、
悲傷和憤恨埋沒？

映射

棋盤上，卒馬隔著鴻溝對峙；
受封的諸侯終於合力擊楚。
氣喘吁吁的獵豹憑藉速度
僥倖得以擺脫追趕的獅子。

攝影機的記述皆栩栩如生，
遊戲、書本的演繹不乏精彩，
一如現實──上帝觀看儲存在
天幕上的世界的巨細進程。

蝸居客鑽進手機思念山嶺，
異鄉人夢回續作城南舊事。
夢幻感覺和現實一般真實，
現實難保不是另一種泡影。

事物的劇本有不可見的手
來編輯──上帝將那滔滔不竭
呈現在天幕上巨細的世界
進程映射為形而下的宇宙。

表達

最近學院教學樓異常
　　安靜，似乎只有我還在
　　　　為畢業音樂會堅持練琴：
一首樂曲從支離
　　支吾，到渾然連貫，
　　　　從機械式的整飭，到自然
流露，需要長時間磨琢，
　　畢竟我沒有阿格麗希、
　　　　朗朗們的天資。
沒了其他琴房各種樂器
　　的隱隱交響，我的演奏
　　　　未免孤單──夢斷才想起
自己正對著本外文電子書，
　　本打算看看弗羅斯特
　　　　未選擇的路。

在城裡聽雨，看萬家燈火，
　　比起在郊野聽風觀星
　　　　感覺同樣寂寞。
思緒如酒，如果喝多了，

更無法入睡。
　　　　或許他人的思緒
可作解酒的梅湯？
　　　　於是我裝上戴達洛斯
　　　　　　之翼[1]，俯瞰宏壯山川，
飛越遲到的玫瑰[2]
　　　　逗留的澗壑；
　　　　　　我看到香桃木葉，
看到暮春，江南，杜甫
　　　　如何語不驚人地
　　　　　　和李龜年打招呼。

然而飲中八仙的爛醉
　　　　超出了我的想像，
　　　　　　他們的醉法如此不同；
我一向拙於言辭，
　　　　為學習前人各自的神通，
　　　　　　我讀起了一本評論集，
觀察洛厄爾的鬆散[3]，

[1] 戴達洛斯之翼：有關戴達洛斯的故事，參看奧維德《變形記》卷八第183-235行。
[2] 遲到的玫瑰，香桃木葉：語出賀拉斯《頌歌集》卷一第三十八首。
[3] 美國詩人羅伯特・洛厄爾（Robert Lowell, 1917 – 1977, 或譯洛威爾）在他的詩集《生活習作》（Life Studies）中一改以前凝練，非個人的風格，寫出了一種散文化，個人化的詩。

格呂克[1]的樸素；

    我開始觀察陶淵明

如何飲酒、勸農；

    於是一個城裡人

      決心要穿越五年[2]，

揣摹如何用自己的話

    來表達維吉爾筆下

      農人的生存處境。

---

[1] 格呂克指美國詩人路易絲・格呂克（Louise Glück, 1943 –, 或譯格麗克）。

[2] 宗教改革家馬丁・路德臨終前曾寫道：「沒人能理解《牧歌》中的維吉爾，除非他做了五年牧羊人。沒人能理解《農務》中的維吉爾，除非他做了五年農民。」

殘句

變質的進口生果被丟棄在
繁盛都會一隅,他在生活牢籠中
回首發熱的紅衛兵歲月。

海濱森林

青澀矜持的樹葉漸黃，漸紅，
在西風殘照裡脫離了枝幹，
有如零星怒火化身為
激動的飛蛾，在帝國邊緣
追隨驟然喝彩的瀑水
飛流直下，狂舞著
墮入幻影般的火海。
而那些日益光禿的喬木，
有如放縱撒潑的貓貍，
在攝影師的陰暗底片中
撕爛魚腸，抓破雁足；
正是那些舞爪的年輕禿木，
有如恣意亂攛的荊棘，
迫使客雁在悲秋之餘思量
是否應避開這海濱森林
猝然蔓延的黑色恐怖。
惴惴的魚販眼見眾多青樹
沉默搖曳，護林人疲倦不安，
搖頭歎惜這海濱森林
已喪失他們慣看的文靜，

曾經沉魚落雁的春天
似乎也渺茫無期了。

結局

一向平靜美麗的桃花島
如今顯得有些陰森，
郭靖正冷對他的蓉兒，
只因他的楊兄弟，終究
無法認同自己的宋人身份，
夥同西毒幹了件
嫁禍於人的壞事。
觀看新版《射雕》劇，
不會再有驚詫的感覺，
畢竟我們已能預知結局。

眼看著周邊的城鎮一一被破壞，
憂心如搗的羅馬人派出了使者。
但在他的心目中，榮譽和勇氣
高於一切，他鄙視
羅馬大眾對他的漠視，
他的激情化作了憤激；
如今有沃斯克人做他的後盾，
這位羅馬的兒子回來了，
回來摧毀羅馬。

他對使者的呼籲無動於衷；
妻子與孩子的出現
也不能令他回心；
終究還是他的母親
說服了他——這位單親母親
把他教導成了無畏的戰爭英雄，
任性驕傲的社會孩童。
莎士比亞說，科利奧拉努斯[1]
結果被沃斯克人害死了。
科林說，科里奧蘭[2]經過一番
內心的掙扎，自盡了，
貝多芬還為之譜了曲。

九二年春，在天使之城的郊區，
正在假釋期間的羅德尼‧金
和數輛警車預演了一齣
《速度與激情》。

---

[1] 莎士比亞根據普魯塔克所寫的傳記創作了悲劇《科利奧拉努斯》
（Coriolanus）。哈羅德‧布魯姆（Harold Bloom）在《莎士比亞：創造人類》
中這樣寫道：「科利奧拉努斯是個大孩子，眾所周知，他那支配，吞噬的母
親害了他。除了在戰場上，他在任何地方充其量就是個等著發生的災難。面
對群情洶湧的羅馬民眾，他必然會將他們辱罵至絕對的憤怒。……他對「榮
譽」的崇拜於他們的生活全無價值。然而，相對作為他們的敵人，他更加是
自己的敵人，他的悲劇並不是他們的懼怕和憤怒造成的結果，而是他自己的
天性和養育造成的。」

[2] 科里奧蘭即科利奧拉努斯，古羅馬傳奇將軍。貝多芬曾為奧地利劇作家科林
的悲劇《科里奧蘭》寫了首序曲。

隨著一段經過刪減的視頻

在各大電視臺播放，

民眾的情緒開始升溫；

隨著夏日腳步的逼近，

隨著毆打羅德尼·金

的四名警察被判無罪，

全城就像鍋粥一樣沸騰了——

四處火起，民眾走避，鬥毆，

搶劫，甚至槍戰——

結果六十多人死了，

兩千多人受傷，數以千計

的房屋店鋪被焚毀。

黑人說，我們因受壓迫而抗爭，

為正義而革命；

白人說，爭端可通過法律解決，

不應訴諸暴力；

韓人說，韓裔與此事無關，為何

我們的店鋪卻被針對？

分明是趁火打劫，乘機尋仇！

結果另起訴訟後，

其中兩名警察被判了三十個月[1]。

結果醉駕拒捕的羅德尼·金

---

[1] 在美國，無罪判決意味著被告不能以同樣的罪名再次受審，事後另起訴訟宣判的是違反人權罪而非濫用暴力罪。

獲得了三百八十萬的賠償金。
之後他繼續被捕——家暴，
撞了人不顧而去——
結果二十年後，他在家中
的泳池裡淹死了，體內
殘留有酒精和毒品。

跋十日談

這樣的模擬隱居生活並沒有
山水田園的勝境，只聽見北風
不時在樓外咆哮，而我們苦等
嚴冬消逝，在家的小天地周遊。
好似閨中少婦，只能整日埋首
閱讀、觀看他人會心編織愛情，
盼望英雄們終於能同心戰勝
無情異鬼[1]，而有情世間能長久。
當夜空星光再現，我們便盼望
北斗快些運轉。在人生舞臺上
演好某種角色卻比只做觀眾
更有意思；何妨趁此困境，思慮
成就自己的角色，待春日和煦，
願續成的故事更加開闊，生動？

---

[1] 異鬼：指美劇《權力的遊戲》（Game of Thrones）中的神秘種族。

見聞
——致王維

睡了這麼久，是時候
出去找點吃的了，
畢竟當初倉促之間
我們吃得不夠飽。
空山不見人，
我坐著邊吃邊發愁：
不知何時這山城
令人窒息的空氣污染
才會完全消散？
有人說他們看見了袋鼠
在逛街，甚至有胡狼
在公園遊蕩，
說發現河水變清澈了；
我也發現鮮花
在四處放綻，
不知何時我們的冬眠
已然變成了春眠——

陽光過於安靜
——致孟浩然

夜來風雨聲
雖不及鳥鳴悅耳，
如今竟聽著有點親切，
皆因這些日子，
陽光過於安靜；
其實，儘管大病了一場，
急需休息，我們終究對
純淨的陽光感到厭煩，
都在心急地等待
塵汙雨水的澆灌。

言語

我的喉嚨要默念真理，
　　我的嘴唇會憎惡不義。
我的言語全然正當，
　　沒有任何扭曲，也沒有歪曲。
　　　　　　　　　箴言8:7-8[1]

說起文辭巧麗一般人總想到詩人
描寫風花雪月的句子仿佛大自然
才有詩意而人造物面目可憎實在
不值得美言不過人的言語不大重
詩意先秦政客喜歡引用《詩》是因為
詩可以為他們所用

「來吧，我們下去，在那裡混淆
他們的語言，讓每一個人都聽

---

[1]　譯自武伽大聖經，箴言8:7-8，
　　Veritatem meditabitur guttur meum,
　　　et labia mea detestabuntur impium.
　　Iusti sunt omnes sermones mei,
　　　non est in eis pravum quid, neque perversum.
　　　　　　　　　Proverbia 8:7-8

不懂自己身邊人的言語。」[1]
自此人最高調的言語往往只是
傲慢的迷霧散發魔力的牛皮大鼓
敲打著誘人深入壓抑呼吸的叢林
「叢林也是有詩意的。」有些人
讀外國詩竟覺得誤讀更有意思
「向前沖，邊沖邊殺，為我們
開闢一條血路。」[2]

廣場上人聲沸騰大廈間人聲喧囂
電視裡人聲鼎沸他們塗抹拉倒
雕像在街道上塗抹口號他們意識到了
危險他們需要吶喊需要走出叢林
雖然口號是未經細想的詩卻也揭示了
人對詩意的嚮往

---

[1] 譯自武伽大聖經，創世紀11:7，
　　Venite igitur, descendamus,
　　　et confundamus ibi linguam eorum,
　　ut non audiat unusquisque
　　　vocem proximi sui.

Genesis 11:7

[2] 譯自2020年6月6日《華爾街日報》的文章（Huawei Founder Ren Zhengfei Takes
Off the Gloves in Fight Against U.S.）中的一句話「surge forward, killing as you go, to
blaze us a trail of blood」。這句英語則譯自華為公司創始人，軍人出身的任正非
2019年1月18日在杭州研究所的發言，他呼籲華為的研發團隊向「谷歌軍團」
學習，別關在深宮大院裡，到戰場上去「殺出一條血路」。本來是鼓勵員工
從困境中闖出一條路的話，一經翻譯轉載，意味截然不同，如澳洲《每日電
訊報》曾寫道「China's Huawai threatens West with 'trail of blood'」。

大自然令人樸實甚至令人敬畏而人
造就的事物也許本來就缺乏詩意
真詩人筆下的風花雪月在歌頌大自然
之餘也排遣了人的怨恨含蓄人的
精神而詩聖許身的詩意更擔負了人
遭受的罪孽詩意是共通的我們最終
都需要詩意的言語

面具

小時候看戲
花臉都覺得嚇人
旦角都覺得美麗
偶爾從後臺化妝間溜過
濃郁的化妝品味道
也會暗示舞臺的魅力
稍微大了點
才知道黑臉的雖然兇惡
白臉的才是最壞的
而那些儀式般的動作
透露出人物的喜怒哀樂

成年以後　這些臉譜
不再可怕　即便看到鬼怪
一般的古羅馬面具
也只聽見說　我是個角色[1]
現代人演戲都不戴面具了
妝也化得跟沒化一樣

---

[1] 拉丁文persona有面具的意思，也有角色的意思。

我們的現實與舞臺
從未如此接近
甚至融為了一體
於是看著不大順眼的人物
原來並不壞　陰險的人物
往往和藹可親　事實
可以被說成騙局　惡霸
竟然滿口正義

儀式般的動作不需要了
因為人物的情感不重要了
然而有時我卻想戴上面具
用分行的方式書寫
偶爾押點韻　因為我依然
喜愛這種透露情感的儀式
「是否戴面具是个人自由」[1]
不論是畫的還是戴的
他們都拒絕　因為他們有
天生的面具　他們是
公眾注目的人物
看起來特別認真
聽起來分量十足

---

[1]　英文mask有面具的意思，也有口罩的意思。

看不出他們有
天生的厚顏

毛病

記得小時候吃飯
總是青菜豆腐，
憑票買糧油，
晚上老停電——不過
蠟燭一點起來卻別有
一番氛圍，因為
人的影子有時特別高大，
因為光明與黑暗
顯得格外分明。
而如今，豐盛的飲食
敗壞了我的腸胃，電腦電視
敗壞了我的右腕和雙眼，
手機則帶來了頸椎痛
這種新式傳染病。

今年夏天雨水特多
盛夏像暮春，
初秋像盛夏，
一切都在延遲……
秋老虎剛走，塵垢

便堵塞了我的耳朵，
這次是兩隻耳朵。
世界安靜了，
只剩自己的耳鳴聲──
一種尖細、恒久的蟬聲。
原來這便是貝多芬
晚年的生活狀態，
幸好家裡那臺航空
發動機般的舊洗衣機
證明了我還沒有聾。

這是我見過最豐盛的年代，
也是我毛病最多的年代。
人年紀大了自然毛病多，
然而世界似乎也年紀大了：
山火，蝗災，洪水，病毒……
然而有人說人才是世上
最厲害的病毒，無意間
玷污所有生物的家園，有意
傷害非我族類──
戰爭大概很遙遠，
然而天下並不太平；
這兩年，我們通過明暗
交錯的媒體屏幕

見識了人世這許多
思覺失調的言行──的確，
人世少說也有十萬歲了。

大概人本來就毛病多──
影子般的存在，難得看到，
即便能看到也不會留意──
只在適當的時候爆發；
當然以前也爆發過，
只不過我們在書本上讀到，
只有慨歎，沒有真切體會。
不過多病的人類也奇特，
譬如聽貝多芬晚期的音樂，
有如感受病痛中掙扎的孤獨，
但如果有機會現場聽大樂隊
演唱他的歡樂頌，則有如感受
星漢燦爛的壯麗與鼓舞。

居穴人

我在空寂的城市走動。天空湛藍，想來雲
全掉地上化掉了。陽光耀眼，但毫無暖意，
寒風在兜帽邊緣切割我的臉。遙想當年
我們也是居穴人，只不過如今我們怕的
不是野獸，而是隱藏在我們中間的兇手。
我們的混凝土洞穴通風更好，還有鐵馬
騎士帶來五味雜陳的食糧，只可惜近來
我壞了味覺，只知苦辣，而不知甜酸香鹹。
將商籟轉換成二進制會意圖案是我的
寄託，每一回它們沖上了雲端，我才心安。
今天我一片空白，因為我的電腦傷了心。
寒潮殺到，鐵馬騎士不見了蹤影，我只好
自己出來尋找精神食糧，還得蒙面四顧，
以免變成這狂亂年份的另一個受害人。

空心人

讓我還穿戴上
如此蓄意沉著的偽裝……
別再接近——
曙色王國裡[1]
那最後的相會……
在想法
與現實之間……
在潛力
與存在之間……
陰影落下

    T・S・艾略特

當赫克托耳托夢與你，
當你的妻子化作了陰影，
當你背負著父親，

---

[1] 在艾略特的《空心人》原詩中，the twilight kingdom一詞譯為「暮色王國」更恰當。

牽著兒子，從特洛亞[1]
逃走的時候，你知道
你踏上了一條不歸路——
帶著特洛亞人的神位
去流浪，去尋找新的家園。

海上的風暴確實殘酷！
與其被波濤的無情吞噬，
不如在故國的城垣下戰死——
你羨慕那些幸運兒的福氣，
他們好歹死在了先人眼前。
多情的狄多[2]已然找到
她的新家園，同是天涯
淪落人，你又何嘗不心動？
你怎麼知曉她也許是
另一位克蕾歐帕特拉[3]？

然而這是天命——

---

[1] 特洛亞（Τροία, Troia, 或譯特洛伊）淪陷之夜，埃內阿斯（Αἰνείας, Aeneas, 或譯埃涅阿斯）與妻子走散了，後來她的鬼魂告訴他是天命要他流亡。另，埃內阿斯的宗親（也是大舅子），已過世的特洛亞太子赫克托耳也囑咐埃內阿斯不要做無謂的爭鬥，要帶著特洛亞的聖物去海外另建城邦。

[2] 狄多是傳說中卡爾他郭（Karthago, 或譯迦太基）的創建者和女王。

[3] 克蕾歐帕特拉（Cleopatra, 或譯克莉奧佩特拉）即著名的埃及豔后，曾與羅馬大將安東尼一起對抗屋大維，最終兵敗亡國。

你安慰同伴說：「也許有一天
甚至想起這些困厄
也會令人欣慰。」[1]
當你在陰間與父親
最後一次相會，聽他描述
一個曙色王國的偉大[2]，
當你驚奇地看著沃卡努斯[3]
為你製造的盾牌上栩栩
如生的未來歷史圖案，
你才真正明白這確是天命，
是你一定會完成的使命。

既如此，為何你從未
有過期待成功的喜悅？
為何你的眼神
總是充滿憂傷？
是因為你背負的使命
過於沉重？確實，
你頗有虔誠孝義之名，
卻算不得一位好丈夫，
算不得一位好父親，

---

[1]   維吉爾《埃內阿斯紀》卷一，第203行。
[2]   埃內阿斯的地府行詳見《埃內阿斯紀》卷六。
[3]   沃卡努斯（Volcanus, 或譯伏爾坎）是火與鍛冶之神。

甚至，因你拒絕了狄多，
算不得男人，遑論英雄？
你成了一個冷漠的惡棍，
一個不受現代讀者
待見的人物。

或許英雄只是種幻相，
英雄的境界不是榮耀，
便是不幸，終於
容色沉著，慎而寡言的你，
胸中只剩下乾草，
腦子裡只剩下憐憫——
對同伴受難的憐憫，
對狄多自盡的憐憫，
甚至對敵人圖爾努斯[1]，
你也有過瞬間的憐憫，
當然還有對自己的憐憫。
你的眼神越來越遠，
仿佛兩顆漸暗的恒星，
也越來越近——
那是兩泓蕭穆的湖水，
要麼深灰，要麼深藍。

---

[1]　《埃內阿斯紀》以埃內阿斯殺死圖爾努斯結尾。

愛的歷程

愛是種傾慕。
她能歌善舞，成績優異，
老師們都喜歡她，
還生得那麼俏麗。

愛是種與眾不同。
原來普通話竟可以如此
悅耳，英語也說得流利，
她不是本地人，卻清秀
如細雨綿綿的早春。

愛是種完美。
你只能遠遠地看著，
便決定讓她稟受一切
動人的氣質，她是顆
閃耀的明星，一如仙子
跌落凡塵。

愛是種空虛。
背地裡你是個勇士，

到了她面前，便成了傻子。
難得的會面，怎麼就那麼
恍惚？於是你從接近天堂
的高處墜落，再無依託。

愛是種莫名其妙。
其實她不算漂亮，
聲音也不算好聽，
濃烈的腋氣勉強能忍受，
普通到只剩點小聰明。

愛是種偶遇。
年輕就是好，不說活力，
她那敢愛敢恨的「江湖」
性情，對未來的憧憬，
又一次撩動了你的心弦。

愛是種錯覺。
她所有無意或有意的言語
姿態，只要不是明確的拒絕，
都成為你奮力追趕的動力。
於是她最終變成了

你記憶中的月桂[1]。

愛是種虧負。
不僅這輩子欠著，
大概上輩子也欠了。
她愛你甚於你愛她，
你也沒能讓她過得更好。
欠下了，就應該還。

愛是種放大鏡。
它令你不由自主地注目：
身體，神色，情緒，心靈。
它令一切都感覺那麼近，
那麼誇張！

愛是種怨恨──
總是怨對方不夠
理解自己，不夠
體諒自己。

---

[1] 善射的阿波羅因嘲笑小愛神酷皮多（Cupido，或譯丘比特）的弓箭而遭報復。酷皮多用金箭射中了阿波羅，同時用鉛箭射中了仙女達蒲內（Daphne，或譯達佛涅），於是阿波羅瘋狂地愛上了對他毫無感覺的達蒲內。結果一個追，一個逃，最後達蒲內不得不求她父親佩內伍斯河神將她變成了一棵月桂樹。阿波羅悲痛之餘，祝願月桂枝葉常青，並以之裝飾他的頭髮，箭囊和豎琴。詳見奧維德《變形記》卷一第452-567行。

愛是種依賴——
身邊的十二闌干。
愛是種侍奉——
如同父母侍奉兒女，
仿佛對方是個總需要
關懷的孩子。
愛是種習慣——
由遷就演變而成的習慣。

愛是種飲料。
啤酒？咖啡，還是茶？
滾燙的，還是冰凍的？
鮮甜的，還是略帶苦澀？
人總得喝飲料，我如今
祇需要常溫的
白開水。

桃谷六仙

「難道我們還要去恒山？犯不上
蹚這麼深的水吧？」「畢竟我們答應了
方正老和尚為他保密，答應了的事，
桃谷六仙都要做到。」「正如我們答應了
捎信與少林和武當，結果我們做到了。」
「如果令狐沖死了，保密這事就沒法兒做了。」
「應該說如果他死了，這事就不需要做了。」
「應該說是沒做成，如果他都未曾問我們，
怎麼算保密？如果他死了，我們就連保密
的機會都沒了。」「所以我們一定要去恒山
救他。」「何況他的內傷因我們而加深了。
雖說我們是一片好心，終究還是有些
責任，桃谷六仙豈是不負責任的人！」
「我們固然治不好他，他學了吸星大法
也還是不行。」「因為他沒真正學會，任教主
能治這種內傷，據說他就是因為這種內傷，
被東方不敗暗算，奪了權位，被關了十多年
才想法兒自愈的，只可惜令狐沖不肯低頭。」
「但願方正老和尚的功法管用，只有等到
令狐沖的內傷好了，我們才算功成身退。」

「那時候再有人殺他我們可就不管了。」
「可是任我行武功深不可測，手下能人
不計其數啊！」「就算加上少林武當，只怕
也打不過。」「岳不羣那麼厲害，辟邪劍法
都練成了，結果還不是歸順了日月教！」
「五嶽劍派那麼威風，曾幾何時，就土崩
瓦解了！」「五嶽劍派是自行解體，又不是
日月教滅的。」「那也和日月教推波助瀾有關。」
「令狐沖也真是的，好好的女婿不做，偏要
忤逆任教主。」「女婿他想做的，只是不想加入
魔教，好歹人家做過名門正派的大弟子，
如今又是名門正派的掌門人。」「問題是
任我行想一統天下，澤被蒼生。」「道不同，
不相為謀。」「他們也曾並肩作戰，擊敗了
東方不敗呀！天下門派一統難道不是好事？」
「連岳先生也贊同，五嶽會盟時他說的頭頭
是道。」「那恒山兩位師太為何還是寧死不從？」
「強求拜觀音菩薩的，拜太上老君的，拜孔聖人的，
還有什麼也不拜的人混為一派確實有些為難。」
「左冷禪瞎了眼已經讓人夠驚訝了，最近江湖
竟傳說岳不羣為了練辟邪劍法把自己給閹了？」
「只怕吸星大法也有自殘的風險，都只為了
變得更加強大。」「可惜令狐沖只是劍法強，
等他練成了老和尚的功法，才能和任我行一鬥。」

「神功豈能一朝一夕練成，他現在需要我們的
助力。」「所以我們一定要去，六弟你要是怕，
就躲在恒山腳下等。」「當初頭一回見面他便說
我們是英雄。」「女為悅己者容，前面那句
怎麼說來著？」「桃李不言，下自成蹊。」

春日午後

我沒開燈，因為家務已告一段落；
手機裡的東西看累了，就看看窗外
——祇見一隻鳥在半空與蒼白中飛過，
遠處亮晶晶的屋頂和馬路聽著煙雨
輕柔地絮絮不休，一切都異常平和——
手機裡說一枚匕首從天而降，在地球
另一端鑿出了個巨坑，這是警告，
對世界分裂的警告。不久前我還
看了幾集英國人拍攝的《戰爭與和平》，
講法國人在廣袤的俄國兜了個圈兒，
結果凍死的人比戰死的更多，而幾位
俄羅斯男女終歸以諒解代替了仇恨。
人總是要經歷一些最慘痛的災禍
才會記取教訓，但過些時候又會忘卻
——陰性，手機裡終於出了結果，但願
小區裡其他人也是同樣的檢測結果——
雨停了，取而代之的是一片鶯啼燕語。
天色越發陰沉了，我還是看到了下面
暗綠的林木間有一樹桃花格外醒目。
好一會，我回身去開燈，準備做晚飯。

詩詞愛好者

從一個不太大的城到一個大城，
之後又到一個更大的城，
於我是從願望到希望，
再到抉擇的輪回；
有些人比我大膽，
從鄉村到城市，
從一個國家到另一個國家，
從一種文化到另一種；
只是到頭來可能自己的根
扎去了哪裡也不能確定，
有詩為證：
「無端更渡桑乾水，
卻望并州是故鄉。」

在最繁忙的高架上，
每天我都會巡視
這最繁華的都市。
如果你能在這裡生存，
便可擁有最繁華的生活，
很多人都嚮往的生活，

有詞為證：
「人人盡說江南好，
遊人祇合江南老。」
只是江南的夏天
太熱，江南的冬天
太冷，抑或
繁華的光彩
早已使我眼花？

一個地方從陌生到熟悉，
是警覺忐忑到安定的演變。
只是在你意識到自己
開始變老的時候，
一切都會演變為寂寞。
於是每當夜半乍醒，
你便開始尋思，不如歸去？
還會迷迷糊糊地重組
以前那些地方，
和以前那些人，
有詩為證：
「畫圖省識春風面，
環佩空歸月夜魂。」

你的季節

當你感覺穿透陽傘的紫外線兇猛
難當，還聽說中暑的雄鷹墜落江心，
再看到陣雨彌合不了土地的裂縫，
自然就盼望清涼的秋日早些來臨。
你從不傷感時光總在鍵盤上磨蹭，
卻唯恐秋景太短暫，不能長葆渾金
火焰般的色彩；你常看著大街發愣，
仿佛聽到了海浪沖刷礁石的聲音。

但會有衰敗隨之而來，並非針對你，
自然週期是一切事物的常恆交辭。
節制你能接受，也無須懼怕秋老虎；
如果一片樹葉意味著一份生命力，
這便是個奉獻的季節；不要在游思
的花園裡漫游，你只需要一棵果樹。

彈幕

本來是一個人的故事，
一個去西方求學的乏味故事，
編成了一段奇幻的旅程。

故事非常精彩，
只是主角太無趣，
就知道說教，
一點用都沒有。

有人說這是一個精神
分裂的人漫長的心路歷程。
人格的某些方面
被放大了很多倍，結果
一個人變成了好幾個人。

大師兄最有本事，
又聰明，人面又廣，
幾乎想做什麼就做什麼，
想去哪兒就去哪兒。
真是令人羨慕！

二師兄可不是豬隊友，
試問哪個男人
不好吃，不好色，
有機會不偷下懶？

小白龍真倒楣，
那麼矜貴的出身，
卻被一個窩囊廢
騎在頭上！

憑什麼他做師傅，
因為他會讀書？
除了念緊箍咒
他還有什麼能耐？

人家受了感召，
有非凡的使命，
也就是所謂的
精神領袖。

茫茫從此去，
莽莽萬重山。

大漠沙如雪，
長河落日圓。

蠢得把妖精認作好人。
竟有人說他是小鮮肉，
他只是塊迂腐的肉，
早點被妖精吃了倒省事兒。

其實妖精就是殘酷的
社會現實，試問哪個
公司的老闆不殘忍？

估計只有沙僧
最理解唐僧。
雖然樣子高大兇惡，
其實任勞任怨，
循規蹈矩，
老實人一個。

你以為捲簾人能做將軍？
說起來好聽，其實他
不過就是個僕人。

那一臉的晦氣，
是侍奉天庭的達官
貴人時訓練出來的。
難道在玉帝面前
還能嬉皮笑臉？

失手打碎玻璃盞，
調戲嫦娥，
大鬧天宮，
他們犯了不同級別的錯誤。

他們都跟了個
不通世事的師傅。

查了資料才知道
他本是個值得敬佩的人，
如今卻變成了
無奈的邊緣角色。

君本文弱，
然而頗為執著，
不論有沒有徒弟，
也要掙扎著走完
這脩遠的曼曼路途。

下山

山路難行，
山風淒厲，
時間長了，卻也沒
覺得無法忍受，
如今突然下山，
反倒有點不習慣了；
腿腳開始酸軟，
膝蓋開始震痛，
原來山上的努力
是有後遺症的，
只不過現在才發作；
好在沒什麼雲霧，
我們已經能看到
遠處晴空下
在山麓期待的城鎮，
以及更遠處
在海上觀望的小島。

這不算暖冬，
卻也沒多少雨雪，

不論我們心中

有多少陰霾，

總能看到敞亮的日子。

固執不懈的山行者

終於也下山了，

山上風景再好，

也不能待在上面生活；

只要在山下，

在城鎮的日常中，

縱有大片的雨雪，

我們也不會

覺得無法忍受。

我在生活的密林中見過那陽光

我在生活的密林中見過那陽光，
十多束直射而下，它們的穿透力
令人驚歡，但地球緩慢轉身回避，
不願暴露自身某些陰暗的地方。

為什麼我的夢境總是沒有太陽？
要麼是陰天，要麼是夜晚，卻得以
見到一些復活的親友，那種驚喜
令人自問，靈之封域是否烏托邦？

人早已不在乎任何陰影的存在，
因為我們有燈，有電，而任何陰影
也並非完全的暗黑。夢未必奇怪，
究竟是記憶與心願的演變，合併。
但自然出身的人在燈與夢之外，
也想化作雲鳥，去看林外的光景。

我們的船靠岸了

我們的船靠岸了，
那種吃了就睡，睡了
又吃的日子結束了。
偶爾去甲板上看海，
大概是天氣的原故，
白天只看見一片蒼茫，
我從未見過如此廣大、平坦
的環繞，仿佛我們的船
是世上唯一的孤島；
晚上只看見一片黑暗，
我從未見過如此廣大、暗黑
的環抱，仿佛我們的船
是世上唯一有光明的地方。
自助餐廳到底充滿了歡樂，
人人都在各取所需，
仿佛我們生活在
「黃金時代」。

我們的船終於靠岸了。
陸地並不平坦，

總有起伏；
到了晚上也有黑暗，
只是人的燈火並沒有聚集，
卻是四散開來，
不論什麼天氣，
總能看到繁星點點。
然而在船上
我沒覺得在旅游，
只覺得我們的船在大海中
一直都靜止沒動。
回到岸上，
我卻感覺陸地在動，
感覺旅程開始了。

傳統詩詞卷

冬至

惺忪懶起感天寒，寂處聽風拂海灣。凡草蕭疏林葉逝，魂依大地待春還。

黑臉琵鷺[1]

東山曦未露，青葦夢猶連。鷺語潮間地，星沉米埔[2]天。

1　黑臉琵鷺：據香港漁農自然護理署官員稱，黑臉琵鷺比大熊貓數量還少，香港是繼台灣之後黑臉琵鷺的第二大過冬地。

2　米埔：指米埔自然保護區，位於香港新界西北。由於東南方的香港最高山大帽山（又名大霧山，即首句中的東山）減弱了海風的吹襲，米埔濕地成為鳥類理想的棲息樂園。

瓷罐
丁亥年戲作十六字令一首

豬，莫笑肥頭腿短粗。收錢幣，不必見屠夫。

無題

來往光陰行路迷，逶迤巷陌彩霓飛。樓重峭谷疏車過，星宿中天永夜稀。徙倚經年還獨語，棲遑歲暮欲何依。秋冬物候更難覺，遙想鄉關雨雪霏。

次韻秋葉《遊子吟》
賀北美華人文學社古詩詞比賽而作

　　雨收屣履出亭臺，西望煙銷海面開。襟帶迎風擁落日，翩翩秋葉帶愁來。

感遇

　　涼風起樓外，薄晚捲簾時。雲掩青山遠，花愁日色遲。微歌憶舊事，醉笑有餘悲。春夢聊可待，詩來人自痴。

次韻柳上惠《南中國暴雪阻旅客歸程》

遠道猶聞急雪飛，受飢未敢慕甘肥。旅顏無數北望處，暮色寒烏相送歸。

初夏上班途中見街頭孤生洋紫荊[1]

暮色繁枝春尚餘，倦看男女笑相扶。華燈萬點常為伴，不解閑愁皎月無。[2]

---

[1] 洋紫荊是香港常見的樹木，花開得很密（有點像櫻花樹），一般三、四月就謝了，但有少數能堅持到六月。

[2] 香港市區樓房擁擠，晚上燈火通明，再加上珠三角地區污染嚴重，夜空中很少看到月亮。

憶秦娥・中秋

　　散瓊屑，穿樓垂巷千城月。千城月，栖栖各地，客思長切。　　夢中歸路雨初歇，聲聲碎語梧桐葉。梧桐葉，曉光浮處，露珠瑩澈。

次韻黃仲則《感舊》

　　日夕倦遊心若醒，厭聞車兩亂音聲。故人遠別長相憶，新識去來多縱情。夏木陰陰戀光影，俗塵滾滾染浮生。前程往昔皆迷惑，顧視虛無與徑行。

菩薩蠻

冬宵薄襖盈盈女，欣愉噤戰街邊舞。城第正幽幽，霓虹明小樓。　　酉膠催客子，爛漫佯嗔視。曉夢忽迎春，欲成憔悴人。

春節值班歸來有寄

佳節復勞倦，苦無聊賴時。恍聞歸雁去，延佇使心思。超邈珠星露，甘甜春酒欺。凱風何習習，夢寐在天涯。

鵬城二章

南歌子·自鵬城回港

玉頰鬢絲墜，釅茶滋味清。盧瞳貝齒囀鶯聲，是幻是仙、還是夢初醒？　　夭裊風輕送，綢繆喜自生。新秋小別不傷情，夜雨闌珊、反路映殘燈。

鵬城秋望

滿目秋光憶霧都[1]，蓮花山[2]下踏長衢。研攻抱獨橫海志，俯仰廝磨明月珠。昔見霜楓舞黃葉，今聞重九[3]負丹萸。棲遲日久思騫翮，連理枝頭夕照徂。

---

[1]　霧都：指倫敦，筆者念大學的地方。
[2]　蓮花山：指鵬城（即深圳）的蓮花山公園。
[3]　重九：在香港，重陽是公眾假期。

壬辰新春行

　　歲去年來立拙身，掌中書卷座隅塵。春風蕩蕩開簾
牖，賦閑無事邅思深。史遷談古知天命，玄奘梵譯見真
性。後生竟室不言遲，心遠奮衣出人境。山頭木梢見窮
海，微雨東來發翠穎。四時往復志不彊，念此愧憚不能靜。

晚歲有懷用杜子美韻

　　竟日朔風寒，昏冥將過西。晚歲攜傘歸，踽踽吟膩
柳。華燈人海上，星橋能見否？車兩忽爭先，佇足空搔
首。憔悴同學疏，閒居年月久。盛世多生活，豈云難糊
口？許身酬詩筆，取笑成遊手。淺霜結青絲，恨別怨常
有。相會言前程，伊人每抱肘。才薄世俗棄，壯思亦積
朽。幸喜重情素，未嫌形骸醜。我復思鴻雁，虛空望北
斗。穷年弄文字，終歸如迂叟。似為稟氣拙，隨心逆風
走。夜永曲巷深，光耀不可取。熒屏聲聒噪，床前一樽酒。

商君[1]

　　初聞孝公求賢令，庶子衛鞅入秦境。說公強國因景監，言談數日猶未厭。鞅欲變法人不悅，君臣相知志意決。徙木示信百金輕，任官唯賢法必行。法之不行自貴戚，虔賈壹刑如霹靂。行法十年秦大治，百吏恭儉風俗易。河西亦復封於商，可憐公既捐賓客。太子新立宗室喜，刻薄謀反千夫指。亡至關下投宿急，作法自弊不能入。商邑兵戰身先死，咸陽車裂無人泣。其法未敗霸功成，其人泯沒留惡名。刑罰嚴酷燔詩書，廢德任力禮教無。民性終須禮教改，儒道漸為漢國宰。止恨法治成人治，矯枉過直二千載。

---

[1] 趙良嘗謂商君，言五羖大夫恃德治秦，五羖大夫死，秦國男女流涕，而商君恃力治秦，非得人者也。史家亦言商君寡恩，「惠文王車裂之，而秦人不憐。」商君嘗云：「有高人之行者，固見非於世；有獨知之慮者，必見敖於民。」商君變法多年，秦宗室貴戚多怨憤者，不得善終，已知之矣，未料孝公早薨耳。

無眠

喉舌時有難，茹痛對微光。眾生還寂默，尋夢在四方。

蒲公英

少年喜陟卓，而今落磽确。春風不與便，秋水來灑濯。

公交站口占

俗事縈人意不滋，欲尋秋興感冬威。天容街道無顏色，望斷層城燈霧飛。

歲暮漂怨

樓心走蛄蟻，城際望風煙。晝夜車流響，坐馳思少年。霧霾藏廢氣，燈火作陽天。搶票曰歸久，勤身增惘然。

瓦倫丁[1]

獄城信力百年身，難得芳心一片真。絕筆成仁應不憾，留傳天下有情人。

歲晏還鄉即事

漠漠陰雲淡淡風，故園[2]獨步暮寒濃。湖邊枯葦聽戲曲，亭外老耆看柏松。目亂追尋樓店密，心焦回覆客車壅。卅年同學終相聚，浮白三觴憶舊容。

---

[1] 瓦倫丁：西方有瓦倫丁日紀念殉道聖徒，後演變為情人節。
[2] 故園：指南昌八一公園，筆者兒時曾在左近居住。

戊戌年春作柏梁詩

賀燕巢成好安居，南枝北枝花信殊。昌志萌達少學初，
十載苦讀有歡娛。中園西望意何如，上元才過困文書。
海內功名夢自孤，校比業績在江湖。友聲忽爾淩太虛，
會飲滬瀆共結廬。成此聚合春光圖，立盡斜陽喜相扶。

季夏遭車禍有感

跛鱉困炎霧，驚鴻新態度。流光曉夢追，千里沾秋露。

戊戌雜詩四首

其一

春事遭逢不勝奇，沿洄十載欲從之。謝娥嫁作他人婦，芳草搖搖天一涯。

其二

三川[1]思禹鑿，王霸起波瀾。好會相如缶，鴻門樊噲冠。豐年盟有背，盛世禍無端。治亂緣君命，黎民不自安。

其三

秋聲入幽夢，寄語少年郎。不遇採蓮女，自栽籬菊香。

其四

馳道萬車行，鵲起天波遠。窮陰正惱人，風枝殘雨泫。

---

[1] 三川指黃河，洛水和伊水。秦曾設三川郡，為戰略要地。

夜思

　　涼夜清悠悠，層樓森冪冪。間歇聞貓犬，輾轉如平昔。因思古者言，可憐他鄉客。人事少歡意，去日多屈厄。腰腳有時疼，夢想無處覓。冉冉流年影，依依蒹葭夕。家有愁怨婦，怪我前途窄。勤能積餘財，煩勞便嗔責。也曾羨梁鴻，淹留將半百。兩情久長時，感戀就羈靮。恍惚日欲斜，秋風驚歲華。書卷嫌字細，薄屏迷眼花。托身在經籍，四海可乘槎。衰病不相違，努力耐喧嘩。才思固天賜，文心亦無涯。遙想桑榆晚，憑欄對彩霞。

會真詞三首

其一、生查子

長衢有駟馳，悵望紅塵後。日暮想佳人，尺素添新瘦。
焦心憶曩時，繾綣香盈袖。文戰止長安，醉夢春依舊。

其二、巫山一段雲

影動西廂月，鐘鳴旭日光。留連有恨合歡床，殘夜不
能長。　　歎息功名誤，怡聲別緒藏。端莊不復鼓霓裳，
愁豔兩難忘。

其三、卜算子

慢臉氣如蘭，敏辯工刀札。懸想蕭娘未嫁時，仕隱生
迷惑。　　無事又逡巡，雨散青苔滑。春盡江南獨夜思，
杜宇游魂黑。

望江南
為高中校友卅年聚會而作

　　梧葉落，驚覺鵠南翔。千里斷雲難際會，卅年淡酒易盈觴。望月出蒼茫。　　隨高鐵，困眼眩韶光。舊日風流應入夢，新秋氣爽好還鄉。轆轆轉中腸。

海上歌

　　海上一慧孛，舟航識風波。蔡女笳三拍，燕山鬱嵯峨。胡塵亂人心，且戰且言和。騷客感時思盛衰，方今己亥雜詩多。客久零丁洋，他鄉是吾鄉。北征復為客，音信迢遞未曾斷。舊地使人嗟，年來如觀黑幫片。少年一何驕，縱橫半遮面。煙火衙門外，店肆深閉路人稀。鐵棒隨轉戰，碎石忽高飛。學子頑夫志，雲霓明滅動烏衣。叫囂紅旆落，良民氣填膺。官差一何苦，隱忍酬怨憎。筋力日凋喪，奔走護持患侵淩。倒行風潮急，驟雨終還晴。魑魅強為害，繫頸有徽繩。漢家山河異，法度亦相承。四海交遊仗信義，止戈不惜射蒼鷹。世故縱紛紜，何懼杞天崩！

鷓鴣天

萬乘群才競赴援，危城重閉楚江寒。纓冠求索神農藥，衿甲梭巡壯士肝。　　紗罩蹙，宿雲殘。鬼雄生魄淨浮言。相存唯願回春日，訴盡參商得共餐。

庚子立春有懷

異域煙埃禽獸焦，絳天山火迫鳴條。黃鶴樓空夜雨滴，瘟鬼暗度江水橋。末日魂驚無處避，人間風惡幾時消？春城寥索愁出戶，聞道歸心原上苗。

浣溪沙

　　朝雨浥軒光霽浮，層甍望斷百家囚，深居閱世論閒愁。　　蔽日飛蝗臨竺國，壓城疫氣滿荊州，春眠淺夢不曾休。

如夢令

　　塞外寒煙成積，回雁啼傷胸臆。料想舊江南，流水又催新碧。人寂，人寂，朝市柳風堪惜。

夜遊宮

　　獨夜樓高影亂。客窗外、九衢光散。相識相知掌中點[1]。望飛星，對春臺[2]，心似箭。　　倏忽繁華遠。薄屏[3]上、怨聲強斂。無緒無聊仰酒面。賦閒居，恨今年，鄉路斷。

---

[1]　掌中點：指用手機聯絡。
[2]　春臺：指親友外出遊覽進餐的照片。
[3]　薄屏：指平板電視。

傷艾倫

庚子年蒲月，滬上連日陰雨，驚聞香江故人因滑水而致心血管閉塞，英年早逝，唏噓不已。

　　端陽蒲劍短，災毒更橫流。撒手成雲雨，迴波漾鷁舟。孀妻已堪歎，稚女未知愁。天景垂垂暮，濕風涼似秋。

一剪梅

　　墟里城皋盡瀰漫。日涉津流，苦雨無邊。怯聞堤岸急修增，沙袋漂沉，泥水牽攀。　　深坐文房霧眼酸。正午陰陰，仲夏輕寒。形容氣力與心衰，身外憂虞，身意隨緣。

滿庭芳

　　飛閣危樓，玻璃青壁，霽雲商氣橫江。久違筵席，持酒擬疏狂。有客清談項羽。逞慓悍、滑賊疑防。挈刓印，背懷宰割，叱吒廢豪強。　　殘陽，遙想處，三秦舊事，浴血千場。剩狼藉杯盤，歸路回腸。今古興衰勝負，春秋筆、何必思量。金風送，銷魂時節，夜夜訴寒螿。

燭影搖紅

　　秋實楓林，五湖夢短鈴聲攪。晨趨車座養精神，冥想銷煩惱。十里風光漸老，顧身邊、低頭語笑[1]。路途陰濕，寫字樓前，壇花謝了。　　暗換年華，軟紅踏破歡娛少。前賢風雅且相親，伏案詩盟早[2]。崩浪排空艤櫂，那英雄、征塵虎嘯。海西[3]音韻，帶月方還，情懷微妙。

---

[1]　低頭語笑：指地鐵上玩手機的乘客。
[2]　前賢……詩盟句：譯詩是作者的一大喜好，甚至上班也會暗中做相關的事。
[3]　海西：指古羅馬。

秋思

卷卷丹楓綴路塵，涼飆乍起促閑雲。不經時事何堪數，粗解詩書亦半醺。情欲心靈[1]憐錯節，蕙荃蕭艾看紛紜。偏才世俗難為用，精製冰弦配斷紋。

壬寅自壽

零雨濛都會，飛鳥度高簷。疫鬼又襲人，春寒令尚嚴。容與苑馬肥，汗血亦平凡。五十功未立，江湖邈難瞻。俗事日消磨，風雅不能兼。惆悵筋骨敗，爐灶油垢粘。雲際下弦魄，映牆柳纖纖。次第年華催，東園憶陶潛。

---

[1] 普緒可（Psyche，或譯賽吉，代表「心靈」）與酷皮多（Cupido，或譯丘比特，代表「情欲」）的故事出自阿普雷幼斯（Apuleius，公元2世紀古羅馬作家）的小說《變形記》，後世有不少文藝作品以此為素材，如濟慈的《賽吉頌》便是一例。

白頭吟

　　幽幽白頭吟，正值陽春好。遐想滿城花盛發，唯見樓窗晴空皓。數載疾疫猶纏縛，海門潮起撼江郭。富足居民嗟艱食，繁華坊市今冷落。萬戶深閉物候新，几案閑久生暗塵。舊鄉煙蕪誰家塚，悵望群癘阻歸人。意氣不似少年時，但學少年染青絲。未愁鬢霜去復侵，卻怨此志逐月衰。無心夜讀謀稻粱，日日索然備午炊。掌中視頻迷人眼，春意有負面壁思。屠牛叟，釣磻溪。九十方為帝王師。樊籠斂翅失群鳥，欲尋松蔭任天機。

西江月

　　春在神遊西海，夏來行散東園。象鞚文史聖師言，忘卻紅塵氣短。　　隱隱琴聲諄誨[1]，庖廚切洗勞煩。歸居閉隔兩三番，醉詠冰輪虧滿。

仲冬

　　列樹承朝日，光風急散金。路長思正果，人倦望飛禽。紫氣霜匣發，豐城雲閣深。弦歌歲寒意，欲以遺知音。

---

[1]　琴聲諄誨：指妻子在教授線上鋼琴課。

大疫三年口占

睡起懨懨白日頹，朔風摧剝吼奔雷。同時同病更相惜，只待人間淑氣回。

長相思

乘公車，乘拼車。寓目明燈百萬家，夜寒歸路賒。
二月花，三月花。夢入新年感物華，樓邊殘月斜。

譯詩選

卡圖盧斯《歌集》

第八首

可憐的卡圖盧斯，別傻了，
眼見已消失的，你就該認定失去。
明朗的白日曾經照耀著你
常來到那姑娘吸引你來的地方，
沒人能得到我對她那樣的愛。　　　　　　　　　5
當時發生了很多事，有你情願的
歡謔，有姑娘并非不情願的諧戲。
明朗的白日確實照耀著你。
如今她已不情願；任性的你也別情願，
別跟著逃避的她，別活得那麼可憐，　　　10
而要用堅定的意志忍住，堅持住。
別了，姑娘，卡圖盧斯已然在堅持，
他不會找你，也不會勉強你：
等沒人求你的時候，你也會悲傷。
孽種，哎，你呀，你還有什麼生活！　　　15
如今誰會拜訪你？誰會覺得你美？
如今你會愛誰？誰會說你屬於他？

你會親吻誰？你會咬誰的嘴唇？

可是你，卡圖盧斯，頑固地堅持住。

第一百零一首

穿越了許多國度，遠涉了許多重洋，

  兄弟，我來到這令人痛苦的祭奠，

為你獻上最後的死亡祭品，

  徒然對著沉默的骨灰說話，

因為命運將你從我這兒帶走了，   5

  呵，可憐，不該被奪走的兄弟。

可如今你還是接受這些為傷心的祭奠

  而準備的祭品吧，這是按老祖宗

的習俗傳下來的，浸透了兄弟的淚水，

  永遠向你致敬，還有，兄弟，走好！   10

---

2. **兄弟……祭奠**：卡圖盧斯的兄弟葬在特洛阿斯（古伊利昂城附近），今屬土
耳其。

維吉爾《農務》

卷二第458 - 540行

　　呵，如果農人知道自己的好運，他們就太
幸運了！在遠離衝突干戈之處，最公正的大地
從土壤中自發為他們盛產出易於獲取的食物，　　　　　　460
縱使沒有門戶堂皇的高大家宅一清早
就從每個庭院吐出大批前來拜訪的人流，
也沒有令人驚訝呆看，鑲有精美龜甲的門框，
以及巧飾了金線的帷布和厄匹瑞的青銅器皿，
白羊毛料子也沒有用阿敘利亞的染料著色，　　　　　　465

---

458. **如果農人知道**：城裡人去了一處美麗的鄉村，多半會覺得當地居民非常幸運，但那些農民自己未必這樣想。

459. **公正**：這個詞可以有兩種理解，一種說的是人的努力得到合理的回報，另一種說的是人在天真的狀態下可以各取所需，後者指古代所謂的黃金時代。詩人認為鄉村生活之所以相對淳樸，是因為黃金時代的遺風在鄉村有所保留，參看後面第474行有關公正女神的注釋。

461. **縱使沒有…**：接下去描寫城市生活，和盧克萊修《物性論》卷二第24-36行的意趣類似。

462. **拜訪的人流**：強調社會地位。羅馬權貴習慣在清晨時分接見門客。

464. **厄匹瑞**：Ephyre，科林拓斯（Κόρινθος, 或譯科林斯）的舊稱。羅馬收藏家對科林拓斯的銅器趨之若鶩。

465. **阿敘利亞**：Assyria，或譯亞述，通常泛指東方，此處特指盛產紫色染料的提俞若斯（Tyros）。

使用的清澄橄欖油也沒有被桂皮污染：

然而安寧的休憩和不會虧負人的生活，

豐富的各類物產，然而廣闊莊園裡的安定，

洞穴，淙淙活活的湖泊，清涼的滕培山谷，

還有牛群的哞哞叫聲和樹下的安詳美夢　　　　　470

卻不會缺少；那裡有原野林地和野獸的出沒，

有能忍苦耐勞且習慣了量入儉用的青年，

諸神的禮拜和受敬重的父母；離別人間

的公正女神在他們中間留有最後的蹤跡。

　　至於我，首先最重要願友善的繆思接納我，　　475

被強烈的愛好深深觸動，我捧著她們的

---

466. **污染**：用桂皮增添風味被詩人說成是「污染」，可見詩人對奢侈的物質生活心存貶抑，前面第464行的「巧飾」也有這種意味。

467. **不會虧負人的生活**：猶言這種生活不會令人失望。

468. **廣闊**：與城裡狹窄的生活環境相對。

469. **淙淙活活的湖泊**：與城鎮內外的人工水庫相對。

469. **滕培山谷**：Tempe，位於希臘中東部的忒薩利亞（Θεσσαλία），此處泛指任何美麗的山谷。

471. **有原野林地和野獸的出沒**：重言法（hendiadys），等於說「有野獸出沒的原野林地」，即可以狩獵。

473. **諸神的禮拜和受敬重的父母**：羅馬人很重視忠孝虔敬的品格，埃內阿斯便以忠敬而著稱於世。

474. **公正女神**：或譯正義女神，又名阿斯特萊婭（Astraea），她於黃金時代來到人間居住，但她對人類在白銀青銅時代逐漸墮落感到厭惡，於是離開了城市，去了鄉村，最終她離開了人間，回天堂了。

474. **他們**：即農人。

475. **友善的繆思**：對於一個詩人來說，繆思的青睞比什麼都重要。

聖物，願她們為我闡明天空的路徑與星辰，

太陽的各種虧蝕和月亮的辛苦，地殼的震動

從何而來，憑什麼力量巍峨的大海會湧起，

衝破障礙，並再次自行回落到自己身上，　　　　　　　480

為什麼冬季的太陽這麼急匆匆地浸入

大洋，或有什麼阻礙擋住了緩慢黑夜的去路。

但如果心胸周圍涼冷的血液成了障礙，

使我不能夠投身於這些自然的領域，

那就讓鄉村和在山谷中灌溉的河流令我愉悅，　　　　485

讓我默默無聞地熱愛流水與樹林。呵，斯佩科奧斯

476-77. 捧著她們的聖物：如行祭禮，詩人是繆思的信徒甚至祭司。

477. 天空的路徑與星辰：猶言「天上星辰的路徑」。維吉爾顯然想成為恩培多克勒斯（Ἐμπεδοκλῆς），阿拉托斯，盧克萊修那類詩人。

478. 各種虧蝕：指虧蝕的各種原因，參看盧克萊修《物性論》卷五第751-752行：
　　　同樣你也要相信太陽的虧蝕與月亮
　　　的隱藏可能是由於多種原因造成的。

478. 辛苦：詩語，常用於形容天體的虧蝕，譬如彌爾頓《失樂園》卷二第665行「辛苦的月亮」。

479. 巍峨的：預詞法（prolepsis），大海湧起後才會顯得巍峨。

480. 障礙：指礁石，涯岸之類的，這裡是描寫漲潮，甚至海嘯。

481-82. 為什麼…去路：等於說，為什麼冬季白天這麼短，黑夜這麼長。古人認為天幕呈球狀，一半光明，一半黑暗，環繞地球旋轉，無論白天黑夜都從東邊的大洋升起，向西邊的大洋沉落。另，這兩行與《埃內阿斯紀》卷一第745-46行是一樣的。

483. 涼冷的血液：等於說資質愚鈍，根據恩培多克勒斯的說法，心胸周圍的血液與智力密切相關。

485. 那就讓鄉村…：做不了哲學家，回歸田園也不錯。

486. 熱愛：對於維吉爾來說，最好的方式就是為它們賦詩。

486-87. 斯佩科奧斯河：Spercheos，位於希臘或薩利亞（Θεσσαλία）地區，流經拉利薩（Λάρισσα）平原。

河畔的平原和拉哥尼亞少女樂游的泰玉格塔山

在哪裡！呵，得有人送我去海默斯山中清涼

的幽谷，並以樹枝的巨大陰影將我掩蓋！

得以認識事物的原由，並將一切恐懼　　　　　　490

和那不可遏止的亡歿，以及貪婪無厭的

阿渴戎河的喧嚷踩在腳下的人真幸福！

甚至那熟識田園諸神，年邁的西爾瓦努斯

和潘，還有眾仙女姊妹的人也是幸運的。

人民的鈇杖沒有打動他，君王的紫袍　　　　　　495

---

487. 拉哥尼亞：Laconia，斯巴達一屬地。

487. 泰玉格塔山：Taygeta，位於拉哥尼亞，傳說那裡有座酒神巴庫斯（Bacchus）的神廟，常舉行只由女性參加的狂歡祭祀活動。

488. 在哪裡：維吉爾可能只是在文學作品中讀到以上那些名勝的描寫，多半從未去過。

488. 海默斯山：Haemos，位於特雷科（Θρήκη，或譯色雷斯）北部。

490. 認識事物的原由：參看第484行「這些自然的領域」，從某種意義上來說，這也是《農務》的創作目的。這句話後來成了英國倫敦政治經濟學院和謝菲爾德大學的校訓。

490-2. 將…踩在腳下的人：指盧克萊修這類哲學家，伊壁鳩魯派學說的主要目的就是通過對自然規律的解釋來消除人們對死亡的恐懼。

492. 阿渴戎河：Acheron，地獄五大冥河之一，也叫痛苦之河，無厭地不斷接收哭喊的亡靈。

493. 熟識田園諸神：維吉爾在《牧歌》中描寫過人與神的交往。

493. 西爾瓦努斯：Silvanus，森林與田野之神。

494. 潘：Pan，半人半羊的牧神。

495. 鈇杖：fascis，羅馬侍從官所持捆有斧頭的束棒，象徵他們侍從的高級官員的權威。因為羅馬高級官員由選舉產生，所以說是「人民的鈇杖」。這個詞後來被法西斯主義利用了。

495. 君王的紫袍：和「人民的鈇杖」一樣都是借指政治野心（共和制或君主制），詩人的意思是山野村夫不關心這些。

沒有，甚至令背叛的兄弟困擾的爭執，
或從同謀的伊斯特爾河降臨的達克亞人，
羅馬的關切和即將覆滅的王國也沒有，而他
也不曾同情地為貧乏感到悲傷，或妒嫉富有。
長在枝頭的果實，心甘情願的鄉村自行　　　　　　500
出產的那些，他採擷過，鐵面無情的律法
和癲狂的廣場，或人民的檔案館卻未見過。
有人用船槳驚動暗藏危險的海域，有人匆匆
拿起兵刃，有人深入王者的宮殿和門階；
這人攻擊摧毀城市及其悲慘的人家，　　　　　　505
就為用雲母杯盞飲酒，睡在薩拉的紫色臥單上；

---

496. **背叛的兄弟**：預詞法（prolepsis），先有爭執，之後才會有兄弟間的背叛。
　　政治野心導致兄弟反目，甚至內戰，古今常見。

497. **同謀的伊斯特爾河**：達克亞人常在伊斯特爾河（Ister，即多瑙河）結冰的時
　　候侵入羅馬地界。形容河流「同謀」是頗為生動的擬人手法。

497. **降臨**：達克亞人居住在多瑙河以北的山區，今屬羅馬尼亞。

497. **達克亞**：Dacia，或譯達西亞。這裡寫外族入侵的煩憂。達克亞人在共和國
　　後期經常滋擾羅馬，直到一百多年後才被征服。

498. **羅馬…即將覆滅的王國**：羅馬的外交與攻伐。

499. **也不曾…妒嫉富有**：並非說「他」沒有同情心，而是說農人知足，貧富差別
　　不明顯，因此少了憐憫與嫉妒這類負面情緒。當然詩人可能指的是以前的理
　　想狀態，下面兩行採摘果實便是黃金時代的典型形象。

501-502. **鐵面無情的律法…檔案館**：鄉村生活沒有各種規條，失卻理性的商業政
　　治活動或官僚主義。

503-04. **有人用船槳…門階**：描寫那些為追求名利而在海外從商，從軍，或成為
　　侍臣的人。

506. **薩拉**：Sarra，提俞若斯城的舊稱，位於今敘利亞和黎巴嫩境內，以昂貴的紫
　　色染料與布料著稱。

505-06. **這人攻擊摧毀城市…臥單上**：為掠奪他國財富而發動戰爭。

那人積聚財富，並看守著埋藏地底的黃金；
利喙講臺上的演說令這位驚倒自失，平民與貴族
那響徹觀眾座席的掌聲令張口結舌的那位
如癡似醉；沾染了兄弟的鮮血，他們感到暢快，　　　510
還以家庭和親愛的門階來換取流放之地，
然後尋求位於一片陌生晴空下的祖國。
農人已然用彎曲的鋤犁墾辟了土地：
一年的勞動在此處，他以此供養祖國和他的
小家庭，以此供養牛群和值得獎勵的閹牛。　　　515
沒有閒歇，於是一年下來收穫豐盈的或是水果，
或是牲畜的幼崽，或是一捆捆帶有麥穗的禾稈，
犁溝上積壓著收成，而穀倉也不堪盈溢。
冬天來了：西克庸的橄欖在碾房被壓榨，
飽餐橡子的肥豬回來了，樹林裡長了野草莓；　　　520

---

508. **利喙講臺**：rostra，位於羅馬廣場南端，飾有喙形船頭。
508. **演說令這位驚倒**：嚮往雄辯的口才。
509. **觀眾座席的掌聲**：有政要出現在劇場。
509-10. **令…那位如癡似醉**：嚮往顯赫的政治地位。
510-12. **沾染了…祖國**：可能指馬爾庫斯・安東尼，在內戰中擊敗布魯圖斯之後，他取得了東方的管轄權。但征戰帕提亞帝國（Parthia）失利後，他去了埃及，並與屋大維決裂，再也沒能回到義大利。
514. **以此供養祖國**：共和國後期，羅馬的農業已然不能自給自足，需要從海外大量進口穀物，因此《農務》有時有勸農的意味。
515. **值得獎勵**：因為耕地有功。土地供養在上面勞作的人與牲畜。
516. **沒有閒歇**：指大自然的回報。
519. **西克庸**：Σικυών，或譯西錫安，希臘南部一古城，盛產橄欖。
520. **飽餐橡子的肥豬回來了**：放養，大自然提供飼料。

秋天也會掉落多種不同的果實，葡萄園的
甘甜出產在沐浴著陽光的巖石高處成熟。
與此同時，招人愛的兒女摟著脖子索吻，
老實規矩的家庭操守貞潔，母牛垂著
充滿奶水的乳頭，還有肥壯的小山羊　　　　　　　　525
相互間犄角對峙，在茂盛的草地上角力。
他自己則慶祝節日，在草叢中舒展四肢，
中間生了火，而同伴們在為大酒盆裝飾花環，
他酹酒召喚您，樂耐俄斯，並且為牧長
在一棵榆樹上設好疾快標槍比賽的靶子，　　　　　　530
他們還裸露強壯的身體，進行鄉間的摔跤練習。
古代的薩比尼人曾經過的就是這樣的生活，
瑞慕斯和他的兄弟如此，強健的厄特儒瑞亞人
肯定是這樣變強大的，羅馬就這樣成了世上最美
的城市，一座城以其圍牆環繞了七座山丘。　　　　　535

521-22. **葡萄園的甘甜出產…成熟**：讀到這裡，不禁令人想到楊慎《臨江仙》
「白髮漁樵江渚上，慣看秋月春風」的意趣。

528. **大酒盆**：用於稀釋純葡萄酒。

529. **酹酒召喚**：羅馬人的節日多半與某位神靈有關。

529. **樂耐俄斯**：Ληναῖος，酒神巴庫斯的別稱。

529. **牧長**：指管理牧畜的小頭目，即牧人小隊長。

532. **薩比尼人**：Sabini，或譯薩賓人，居於羅馬東北的古老民族。

533. **瑞慕斯和他的兄弟**：即瑞慕斯和羅穆路斯，他們在牧人中間長大，過的正是
詩人所讚美的生活。但後來羅馬建城，本來齊心的兩兄弟卻為了命名權鬧翻
了，未能獲得此權利的瑞慕斯嘲笑羅馬的城牆矮（其實不過土墩而已），還
一步跨過，羅穆路斯大怒，竟殺了瑞慕斯。

533. **厄特儒瑞亞**：Etruria，或譯伊特魯里亞，羅馬以北一地區。

在狄克忒王掌權之前也是如此，而且是在
不義的種族啖食過被屠宰的閹牛之前，
金色的薩圖努斯在地上過著這樣的生活；
他們甚至尚未聽過進軍的號角吹響，尚未
聽過置於堅實鐵砧上的劍叮噹不絕。　　　　　540

---

536. **狄克忒**：Δίκτη，克雷忒島（Κρήτη）東部山脈，傳說尤庇特兒時藏匿於此，
　　以免被薩圖努斯發現，因此尤庇特有狄克忒王之稱。

537. **啖食…被屠宰的閹牛**：屠殺人的勞動夥伴，耕牛，在古時被認為是不義的行
　　為。參看阿拉托斯（Ἄρατος）《天象》第129-134行：「而青銅時代的人出現
　　了…他們是第一批啖嘗過耕牛血肉的人，於是公正女神對這一代人感到憎
　　恨…」。

538. **金色的薩圖努斯**：薩圖努斯（Saturnus）是義大利農神，同時被認為是尤庇
　　特的父親。他是黃金時代的主宰，被尤庇特推翻後，黃金時代便隨他消失
　　了。

538. **在地上**：確切地說是在拉提勇（Latium，或譯拉丁姆），即今天的義大利拉
　　齊奧大區。

539-40. **進軍的號角…鐵砧上的劍**：戰爭的隱喻。

《埃內阿斯紀》

卷二第250 - 369行

　　話說天穹在循環運轉，而黑夜從大洋橫掃而來，　　　　　250
以巨大的陰影遮掩大地，天空，和彌爾密多內斯人
的計謀；條克若斯的子孫癱在城郭各處，
再無聲息；酣沉的瞌睡擁抱他們疲乏的四肢。
而阿耳戈斯人的大軍已然乘著排開的艦船
從特內多斯島出發，藉靜默的月亮友助的平靜　　　　　　255
奔赴熟悉的海岸，這時，王者的旗艦上升起了

---

250. **天穹⋯從大洋橫掃而來**：古人認為天幕呈球狀，一半光明，一半黑暗，環繞
　　　地球旋轉，無論白天黑夜都從東邊的大洋升起，向西邊的大洋沉落。「橫
　　　掃」言其迅猛。

251. **彌爾密多內斯人**：Myrmidones，阿克異琉斯統治的民族，此處用以泛指全體
　　　希臘人。

252. **條克若斯的子孫**：即特洛亞人，相傳條克若斯（Τεῦκρος）是第一任特洛亞
　　　國王。

252-253. **癱在城郭各處，再無聲息**：狂歡慶祝過後特洛亞人的景象，參看下面第
　　　265行，「被睡眠和酒漿制服的城池」。

254. **阿耳戈斯人**：阿耳戈斯為希臘一城邦，由此阿耳戈斯人常用於泛指希臘人。

255. **特內多斯島**：Tenedos，特洛亞淪陷前，希臘艦隊躲藏的小島。

255. **藉靜默的月亮友助的平靜**：仿佛月亮為希臘人的秘密三緘其口。

256. **熟悉的海岸**：希臘軍在那裡待了十年。

256. **王者的旗艦上**：確切地說是在阿伽門農（Ἀγαμέμνων）的船尾樓甲板上。

火焰，而受到眾神的不公平詔命保護的西農

正在釋放關在馬腹的達奈人，並悄悄地

開啟那松木牢籠。打開的木馬讓他們回歸

露天，他們從空心橡木中的藏身處歡喜現身，　　　　　260

特散德汝斯和斯特內魯斯帶頭和令人畏憚的

尤利西斯緣墜繩滑下，然後是阿卡瑪斯和托阿斯，

佩琉斯的後人涅俄普托勒摩斯，傑出的馬卡昂，

還有梅內拉歐斯，以及計謀製造者本人厄佩歐斯。

他們侵入被睡眠和酒漿制服的城池；　　　　　265

守衛被斬殺了，他們便以敞開的城門迎接

256-257. 升起了火焰：向西農發信號。

257. 受到…保護：以免他的秘密行動被特洛亞人發現。「眾神的不公平詔命」則
　　　是說眾神對特洛亞人不公平。

257. 西農：Sinon，哄騙特洛亞人將木馬拖進城的希臘人。

258-259. 釋放…達奈人…開啟…牢籠：按道理是開啟了牢籠才能釋放，這是種倒
　　　裝修辭手法（hysteron proteron）。達奈人也是希臘人的別稱。

259-260. 松木牢籠…空心橡木：木馬究竟是哪種木材製成的，詩人顯然並不關
　　　心，任何堅硬的木材都只是種叫法而已。

262. 尤利西斯：Vlixes，即俄底修斯。

263. 佩琉斯：Πηλεύς，阿克琉斯之父。

263. 涅俄普托勒摩斯：Νεοπτόλεμος，阿克琉斯之子。

263. 馬卡昂：Machaon，希臘軍的醫師，其父為醫藥與康復之神阿斯克雷皮歐斯
　　　（Ἀσκληπιός）。

264. 梅內拉歐斯：Μενέλαος，斯巴達國王，阿伽門農之弟及海倫的丈夫。

264. 計謀製造者：即木馬製造者。

261-264. 特散德汝斯…厄佩歐斯：埃內阿斯不大可能知道這些細節，只能說有
　　　時維吉爾將埃內阿斯變成了全知敘述者。

265. 被睡眠和酒漿制服：拉丁史詩之父恩紐斯（Ennius）曾用過「被酒漿馴服且
　　　被睡眠制服」的短語，之後盧克萊修，維吉爾，奧維德等人以不同的方式
　　　化用過。

所有的同伴，並加入那些知情的隊伍。

那正是疲憊的凡人剛開始歇息的時候，睡意
作為諸神的禮物極其誘人地緩緩滋蔓爬行。
瞧，就在睡夢中，悲戚至極的赫克托耳　　　　　　　　270
似乎在我眼前出現了，淚水泉湧般流下來，
正如之前被戰車拖扯過那樣，被混合了血的
塵土染得汙黑，而且腫脹的雙腳穿紮了皮帶。
我的天呀，他怎麼這副模樣，相比那位著名的
穿上了阿克異琉斯的盔甲，或向達奈人艦船投擲　　275
普呂格亞火把之後歸來的赫克托耳變化太大了！
渾身塵垢，絡腮鬍子和頭髮上凝結了血塊
還帶著那些創傷，大多數在環繞自己國家的
城牆時所受。我自己也流著淚，似乎主動
和那男子說起了話，發出的語音不無憂傷：　　　　280

---

269. **禮物…滋蔓爬行**：伴隨這恩惠的是蛇一般的禍患。

271. **淚水泉湧般流下來**：不是因為自己喪命，而是因為特洛亞大禍臨頭而哭泣。

272. **被戰車拖扯過**：即被阿克異琉斯的戰車環繞著伊利昂城拖扯。參看卷一第
　　　483-487行。

273. **腫脹的雙腳**：說明赫克托耳當時還沒死，因為死人的腳不會因為被拖扯而
　　　腫脹。

275. **穿上了阿克異琉斯的盔甲**：帕特羅克洛斯穿著阿克異琉斯的盔甲出戰，卻死
　　　在赫克托耳的手下，那盔甲作為戰利品也被扒掉了。

275-276. **向達奈人艦船投擲…火把**：由於阿克異琉斯不在，特洛亞軍的反攻取
　　　得了成效，曾一度逼近泊在岸邊的希臘艦船。

276. **普呂格亞**：Phrygia，位於小亞細亞中西部，常借指特洛亞。

276. **歸來**：在《伊利昂記》中赫克托耳其實未能回到伊利昂城中。

278-279. **創傷…在環繞自己國家的城牆時所受**：參看第272行。

「達爾達尼亞之光啊，條克若斯后人最可靠的希望，

什麼大阻礙耽擱你了？讓人期待已久的赫克托耳，

你從何處海岸而來？在你的人民死了這麼多，

在經歷了人與城的各種掙扎之後，疲倦的我們

竟這樣看著你！是什麼無恥的原由弄汙了　　　　　　　　　285

那鎮靜的面容？或者說，為何我看出了這些創傷？」

他什麼也沒說，也不理會我那徒然的詢問，

而是從胸脯深處沉重地長歎了一口氣，

「哎，逃吧，女神之子」他說道，「逃離這場兵火吧。

敵人控制了城牆；特洛亞正從最高處迅速墜落。　　　　　290

該為祖國和普里阿摩斯做的都做了：如果右手

還能保衛佩爾伽瑪，我也會用這右手保衛它。

---

281. **達爾達尼亞**：特洛亞地區另一座城，由特洛亞人的先祖達爾達努斯建立。此
　　　處用以泛指整個特洛亞。

281. **之光**：類似聖經中大衛被稱為「以色列之光」。

282. **耽擱**：睡夢中的埃內阿斯顯然忘記了赫克托耳已經死去，以為他只是離開了
　　　一段時間。

286. **創傷**：與第278行的回憶評論不同，這裡是夢話，埃內阿斯同樣忘記了赫克
　　　托耳被阿克異琉斯拖扯的事。

289. **女神**：指維娜絲，埃內阿斯的母親。

289. **逃吧**：赫克托耳要埃內阿斯去做一件荷馬英雄難以接受的事，但隨即給出了
　　　充分的理由說明這樣做並非懦夫行為。

291. **該…做的都做了**：原文sat…datum有為負債做抵押的意思，從某種意義上來
　　　說，赫克托耳連自己的命都押上了，而特洛亞最傑出的英雄赫克托耳之死也
　　　預示了特洛亞的滅亡。埃內阿斯雖無法阻止特洛亞滅亡，卻可以令特洛亞以
　　　羅馬的面目重生。

291. **右手**：即人力。

292. **佩爾伽瑪**：Pergama，特洛亞城堡的名稱，亦借指整個特洛亞。

特洛亞將她的聖物和佩拿忒斯託付給你：
接過這些分享命運的物事，為它們尋找那
漂洋過海之後你最終將會建立的偉大城垣。」 295
他這樣說道，便從內室聖所雙手捧出偉麗的
維絲塔女神和羊毛飾帶，以及那恒久的聖火。

　　與此同時城郭裡充滿了各個角落的悲痛，
而我父親安科伊薩的家宅儘管比較靠後，地處
偏僻，且有樹木遮擋，喧鬧聲越來越響亮， 300
兵甲戈劍鏜鏜刺耳的聲音也越來越迫近。
我被晃出了夢境，于是攀上屋頂，爬過
最高的屋脊，然後豎著耳朵站起身來：
便如同火焰隨著咆哮的南風飄落到了
莊稼上，或是當山洪般洶湧的湍急水流 305

---

293. **特洛亞**：不是個人，如普里阿摩斯王或埃內阿斯自己的父親，而是國家來委
　　託，意義可謂重大。
294. **分享命運**：等於說「伴隨你」。
295. **你最終將會建立**：有預言的意味，但赫克托耳這些話對於此時的埃內阿斯來
　　說是不可思議的，因為他深信戰爭已經結束了。
296-297. **偉麗的維絲塔女神**：維絲塔和佩拿忒斯都是爐灶與家庭的守護神。
297. **維絲塔女神和羊毛飾帶**：重言法（hendiadys），即「維絲塔女神的羊毛飾
　　帶」，舉行祭祀時由女祭司佩戴或置於神壇某處。
297. **恒久的聖火**：羅馬人認為維絲塔神廟內恒久的聖火象徵羅馬政權的恒久。
298. **充滿了各個角落的悲痛**：猶言「各個角落都充滿了悲痛」。
302. **被晃出了夢境**：猶言「從睡夢中驚醒」。
305. **南風**：泛指各種風，只不過地中海地區的南風尤其猛烈。
305-308. **當山洪⋯聽著那聲響**：這段比喻類似《伊利昂記》卷四，第452-455行。
　　荷馬聚焦的是兩軍相遇時的激烈碰撞，維吉爾突顯的卻是那位牧人面對自然
　　力的驚愕形象。

夷平了農田，夷平了欣欣的莊稼與耕牛的勞動
成果，並帶走前沖的樹木；茫然不知就裏的牧人
從高大巖石的頂端目瞪口呆地聽著那聲響。
到這時事情顯然是可信的了，達奈人的陰謀
暴露無遺。德依珀布斯的堂皇家宅已然在　　　　　　310
沃卡努斯的高厲身影中倒塌，隔壁烏卡勒岡家
已然著火；寬闊的西格翁海峽火光照耀。
人的呼喊聲響起，還有號角的嗚嗚聲。
慌促間我抓起了兵甲；而披甲的理由並不充分，
卻是燃起的勇氣令我熱心召集人手去戰鬥，　　　315
並和同伴們一起沖進城堡；狂亂與憤怒令我的
頭腦衝動，只想到帶甲陣亡是件美麗的事。

　　然而你瞧，潘吐斯逃出了阿克異維人的矛戟，
歐特律斯之子潘吐斯，城堡中坡伊博斯的祭司，

306-307. **耕牛的勞動成果**：指犁好的田地。

309. **可信**：指赫克托耳的話，參看上面第290行。

310. **德依珀布斯**：Deiphobus，普里阿摩斯之子，帕里斯死後，他佔有了海倫。

311. **沃卡努斯的高厲身影**：猶言「沖天大火」，沃卡努斯是火神。

311. **烏卡勒岡**：Ucalegon，普里阿摩斯的謀臣。

312. **西格翁海峽**：即達達尼爾海峽。西格翁（Sigeum）是特洛亞附近的海角，位於達達尼爾海峽入口處。

317. **帶甲陣亡是件美麗的事**：試比較賀拉斯《頌歌集》卷三第2首第13行：「為祖國死去是愉快而高尚的事」，但埃內阿斯想的不是祖國，而是個人的榮耀，赫克托耳的話他還沒聽進去，此時的埃內阿斯仍舊是位荷馬英雄。

318. **阿克異維人**：Achivi，希臘人的又一別稱。

319. **城堡中坡伊博斯的祭司**：城堡中有阿波羅神廟，坡伊博斯（Φοῖβος）是阿波羅的稱號，意思是「光芒四射的」。

自己親自帶著聖物和失敗的神靈，以及他的　　　　　320
小孫子，正慌慌促促朝大門口疾步趕來。
「什麼地方情況最危急，潘吐斯？我們占有何處據點？」
我還沒說完，他竟嗚咽著回了這番話：
「達爾達尼亞的末日和那無可逃避的時刻
已來臨。我們特洛亞人完了，伊利昂和條克若斯　　325
子孫的非凡榮耀完了；殘忍的尤庇特把一切
都搬去了阿耳戈斯；達奈人主宰了起火的城市。
屹立在城郭中央的高大木馬不斷流出
武士，而得勝者西農在蹦蹦跳跳地放火。
一些人剛來到雙扉大開的城門口，成千上萬，　　330
數量多如所有來自大密育克耶奈的人；
另一些人架起長矛作為屏障，圍困街巷的
狹窄過道；一隊出鞘的鐵劍列好陣，劍尖

---

320. **聖物和失敗的神靈**：即佩拿忒斯的聖物，參看上面第293行。赫克托耳的行
　　為只是夢幻，真正的託付著落在潘吐斯身上了。

322. **什麼地方情況最危急**：此句有歧義，有的學者認為是「國家情況如何？」的
　　意思。

326-327. **把一切都搬去了阿耳戈斯**：猶言搬了家了。換句話說，尤庇特遺棄了伊
　　利昂，並將權力和榮耀轉交給希臘人了。

328. **城郭中央**：即靠近佩爾伽瑪的地方。

329. **蹦蹦跳跳**：既得意又輕慢。

331. **數量多如⋯**：仿佛阿伽門農的軍隊十年來都無人傷亡，慌張的潘吐斯說話誇
　　張是自然反應。

331. **密育克耶奈**：Mycenae，阿伽門農的王城。

333. **一隊出鞘的鐵劍列好陣**：此句也可以理解為「出鞘的劍刃凝而不發」。

閃爍，準備殺戮；城門的第一批守衛幾乎
沒有嘗試作戰，只是在盲目的打鬥中抵抗。」 335
歐特律斯之子的這些話和眾神的意旨
促使我走向烈火與戰鬥，險惡的厄黎女絲在那裡，
隆隆的咆哮在那裡召喚，還有那沖霄的叫喊。
加入的同伴有瑞佩伍斯和武藝高強的
厄普育圖斯，我們在月光下相遇，賀育帕尼斯 340
和狄馬斯也會合到我身邊，還有密育格冬之子
年輕的科若伊布斯──出於對卡姍德拉的瘋狂
愛戀，他恰巧在那段日子來到了特洛亞，
便以普里阿摩斯女婿的身份援助普呂格亞人，
很不幸，愛說瘋話的未婚妻的教導他並沒有 345
聽從！
當我見他們聚在一起，敢於戰鬥的時候，

---

334. **第一批守衛**：有些守衛在睡夢中就被殺了，這裡指的是第一批反應過來的
守衛。
336. **眾神的意旨**：基於埃內阿斯對祭司潘吐斯所言的理解。
337. **厄黎女絲**：Erinys，即復仇女神，亦指戰爭的狂暴。
341. **密育格冬**：Mygdon，普呂格亞國王。
342. **科若伊布斯**：Coroebus，多半基於荷馬的俄特律俄紐斯（Ὀθρυονεύς），參看
《伊利昂記》卷十三第363-369行。但維吉爾去除了吹噓的成分，將這個角
色變成了一個為了愛情不顧一切的青年。
344. **女婿**：確切地說是准女婿，他和卡姍德拉尚未完婚。
344. **普呂格亞人**：即特洛亞人。
345. **愛說瘋話**：阿波羅曾賦予卡姍德拉預言的能力，訴說預言時猶如鬼神附體是
常見的形象。
346. **聽從**：未完成的詩行。

便進一步開始對這些人說：「年輕人，你們徒然有

最勇敢的胸懷，如果你們下定了決心想追求

勇敢的極致，你們見到事情是什麼狀況：　　　　　　　　350

這個王國賴以持續的神靈捨棄了他們的聖所

和聖壇，全都走了；你們急於挽救的是座起火的

城市：讓我們赴死，讓我們沖進戰鬥的中心。

失敗者唯一的解脫就是不抱任何解脫的希望。」

這樣年輕人的勇氣便添加了狂怒，然後，如狼群　　　　　355

一般，貪婪的胃口令這些昏暗煙霧中的掠奪者

漫無目標地出動，而幼崽被留下來，咽喉

乾渴地等待，穿過槍林戈樹，穿過敵陣，

我們趕赴無疑的死亡，並且取道通向城市

中心的路徑；黑夜凹陷的陰影在四周盤旋。　　　　　　360

誰說得清那天晚上的災禍，誰能清楚描述

---

348. **進一步**：說些激勵的話好讓他們更勇敢，領袖人物常幹的事。

349-350. **如果⋯⋯勇敢的極致**：此處文本有爭議，另一種讀法可譯為「如果你們下定了決心隨我作最後一搏」。這話接下去本來要說「讓我們赴死」，即第353行中的話，但埃內阿斯轉而說明現實的狀況了。

351-352. **神靈⋯⋯全都走了**：羅馬軍隊圍城時甚至有舉行祭祀的做法，號召城中的神靈離開。

353. **赴死**：這便是「追求勇敢的極致」。

354. **失敗者唯一的解脫**：在地中海世界，敗者要麼為奴，要麼被殺。

356. **昏暗煙霧中的掠奪者**：詩人似乎想用這個狼群的比喻塑造一種孤注一擲的狂野形象。

360. **黑夜凹陷的陰影**：指月光下城中樹木和建築物投下的眾多黑影。

360. **盤旋**：在街巷中快步轉彎時產生的錯覺。

滅亡，或者可以眼淚與我們的苦難比倫？

一座雄霸一方許多年的古城要墜落了；

大量動彈不得的軀體散佈橫陳在街道

各處，在家宅各處，甚至在諸神的莊嚴　　　　　　365

門階上。受血光之災的不止是條克若斯的後人；

偶爾必要時甚至失敗者也膽氣回復胸膛，

而得勝的達奈人倒下了。到處是殘忍的

悲痛，到處是恐慌以及形式繁多的死亡。

---

362. 以眼淚與我們的苦難比倫：換言之，聽眾的眼淚跟不上一樁接一樁的慘事，
　　或，聽到如此深重的苦難，任誰的眼淚都不夠流。

363. 雄霸一方…的古城要墜落了：參看第290行。

364. 動彈不得的軀體：指垂死之人。

365-366. 諸神的莊嚴門階：神廟也庇護不了受害者。

368-369. 殘忍的悲痛：將形容原因的詞用於結果。

賀拉斯《頌歌集》

卷一第十一首

你就別去探問，蕾烏闊諾娥，眾神給予我，給予你
多長的命限了，知道了卻是種褻瀆，也別去嘗試
巴比倫人的術數。無論什麼壽數，承受豈非更好，
或者尤庇特多賜了幾個冬季，或者賜了最後一個，
此刻的冬天正用浮石障礙在破碎提育雷努斯海　　　　　5
的力量：明智點，濾一下酒，將那長遠的希望

---

1. **你就**：有強調意味，即，別人要怎樣我不管，你可別這樣。
1. **蕾烏闊諾娥**：賀拉斯想像出來的情人。
2. **知道了卻是種褻瀆**：古人認為人知曉「天機」是違反自然法則的。
3. **巴比倫人的術數**：占星術起源於巴比倫，早在公元前二世紀來自東方的術士
   便已出現在羅馬了。雖然數次被逐，他們的生意從未斷絕。為情人並為自己
   算命在賀拉斯的時代已然很常見。
4. **冬季**：等於說年，羅馬詩人喜歡用夏季或冬季的數量代表年數。
5. **此刻的冬天…**：說明他們在海邊過冬。
5. **浮石**：一種多孔火山巖。
5. **提育雷努斯海**：Tyrrhenus，或譯第勒尼安海，位於西西里以北，義大利以西。
5-6. **海的力量**：說明風浪不小，地中海沿岸的冬天特徵是風浪大，而不是雪大。
6. **濾一下酒**：如果不想慢慢等葡萄酒的渣滓沉澱，羅馬人會用亞麻布漏斗過濾
   一下再喝。這裡暗示有酒要儘快喝，有樂事要儘快享受。

裁減於短暫的時限。說話之間，嫉妒的時光
就已經逃逸：採擷這一天，儘量少輕信明天。　　　　　　　8

卷一第三十八首

我討厭，小子，波斯風的器物，
椴樹皮紮成的花冠令人反感，
不要再去搜尋遲到的玫瑰
　　　在何處逗留。

我才不在意你沒往單純的香桃木葉上　　　　　　　5
費心添加東西：香桃木葉並非不適合你
這僕人，並非不適合在密集的葡萄藤下
　　　飲酒的我。

---

7. **裁減**：如裁剪蔓藤般裁剪希望。
7. **短暫的時限**：即專注於短期內能做到的事。也有人認為這個短語說的是人生短暫。
7. **嫉妒的時光**：猶言時光不想看到人類享受生活太久。
8. **採擷這一天**：如同採摘花朵或果實。
1. **波斯風的器物**：希臘作家筆下的波斯貴族盛宴總擺滿了琳琅觸目的奢華器物。
2. **椴樹皮**：指內層的白色嫩皮，用於捆紮花朵。用這種材料編織出來的花冠特別雅致，還需要精細的手藝，不過詩人下一節卻表明他只想尋常香桃木葉卷成的簡易花環。
3. **遲到的玫瑰**：指夏日的玫瑰，義大利的玫瑰通常在春天開放。
5. **單純的香桃木葉**：有人認為這是指單純的愛情，因為香桃木與維娜絲密切關聯，也有人認為這是指簡樸的詩風。此詩雖短，卻是卷一的壓卷之作，因此不少人希望發掘出更深的象徵意義，但歷來眾說紛紜，並無定論。
7. **密集的葡萄藤**：指可遮陰的藤架。

卷二第十首

你的生活會更妥當，利克伊紐斯，
只要別總是橫渡深海，當你警覺
風暴並為之凜慄，也別過於逼近
　　　陰險的海岸。

凡是偏愛那黃金中道的人，　　　　　　　　　　　　　5
都會警惕著避免破舊房舍的
汙穢，都會清醒地避免招人
　　　嫉妒的殿堂。

---

1. **利克伊紐斯**：可能指盧克幼斯·利克伊紐斯·穆瑞納（L. Licinius Murena），
　賀拉斯的贊助人麥克耶納斯（Maecenas）之妻的過繼兄弟。公元前23年當選執
　政官，但不久便因涉嫌一樁刺殺奧古斯都的陰謀而被處決。

2-4. **別總是…也別過於逼近…**：將人生的旅程比作航海源於希臘文化。這裡是說
　太冒險固然不好，太謹慎同樣危險。

4. **陰險的海岸**：因為有暗礁或淺灘。

5. **黃金**：在西方語言中常用於形容美麗，壯觀或絕妙的人或物。

5. **中道**：相當於「中庸」的「中」，西塞羅的解釋，inter nimium et parum（《論
　義務》卷一第89節）基本上就是朱熹所言「無過不及」的意思。中道的觀念
　同樣源自希臘文化，參看亞理斯多德《倫理學》卷二第6章。

6-7. **避免破舊房舍的汙穢**：等於說避免貧困。

8. **殿堂**：象徵財富或權勢。

更常被風力搖動的是巨大的
杉松，高聳的塔樓一旦倒塌，　　　　　　　　　　10
會摔得更重，而閃電擊中的
　　　是最高的山巔。

為逆境做好了準備的心胸期盼，
為順境做好了準備的戒懼
相反的境遇。尤庇特將形穢的　　　　　　　　　15
　　　冬天帶回來，

同樣會把它趕走。如果現在痛苦，
不等於將來也會：有時阿波羅會用
筮筬喚起沉默的繆思，並不總是
　　　張弓搭箭。　　　　　　　　　　　　　　20

---

9. **更常被風…**：可以想見，古今中外有很多類似的說法，漢語也有「樹大招風」，「人怕出名豬怕壯」的俗語。賀拉斯不幸言中利克伊紐斯的下場，或許他早已察覺到此人無所顧忌的性情（史學家狄奧說他甚至對奧古斯都也曾言語冒犯），所以寫下了這首詩予以勸誡。

13. **做好了準備的心胸**：即通過哲學思考或對現實生活的觀察做好思想準備。

15. **…相反的境遇**：即「期盼」順境，「戒懼」逆境。

15. **尤庇特**：此處將尤庇特看作時間與氣候之神。

15-16.**形穢的冬天**：猶言冬天的景致荒蕪單調，如果下雪，很多事物的形貌都會被掩蓋。

18-19.**用筮筬喚起…繆思**：阿波羅是音樂與詩歌之神。

20. **張弓搭箭**：阿波羅射箭意味著瘟疫和死亡，參看荷馬《伊利昂記》卷一第43-67行。

在困窘的境況中要顯得振奮
而且堅強；同樣你要聰慧地
　　將過於順風而張滿的檣帆
　　　卸短摺疊。

卷三第二首

願少年兒郎學會友善平靜地忍受
窘迫窮困，通過緊張的軍旅變得
　　強壯，成為令人畏懼的騎兵，
　　　用長矛襲擾兇悍的帕提亞人，

且在露天和不時驚慌的境況下　　　　　　　　　　5
生活。讓發動戰爭的國君
　　的王妃在敵人的城牆上
　　　看著他，和長成的女兒

一起歎息，哎喲，那不通陣法的

---

1. **友善平靜地忍受**：猶如接受朋友一般。
2. **窮困**：指窘困的環境與條件，而非真正的貧窮。詩人勉勵的對象基本上都是
　　出身良好的人。
2. **軍旅**：羅馬少年通常十四至十六歲要接受軍事訓練，十七歲便可參軍。
4. **帕提亞人**：帕提亞帝國（位於今伊朗）是羅馬的大敵，帕提亞人擅長騎射，需
　　要騎兵來對付。羅馬軍隊雖然依賴外族騎兵，但領隊的軍官依然是羅馬人。
6-8. **國君的王妃在…城牆上看著他**：類似《伊利昂記》中普里阿摩斯王與妻子在
　　城頭看著赫克托耳被阿克琉斯殺死的情形（卷二十二第25-436行）。

王家夫婿可別招惹在衝撞中　　　　　　　　　　　　　　10
　　發作的雄獅，嗜血的憤怒
　　　　正引他穿過殺戮的中心。

為祖國死去是愉快而高尚的事：
死亡也會追上逃避的人，不會
　　寬恕放過無意戰鬥的青年　　　　　　　　　　　　15
　　　　的胸窩或他那畏縮的後背。

賢明不知何謂丟臉的競選失敗，
只因沒有污點的威儀分明顯眼，

---

10. **王家夫婿**：指那位公主的未婚夫，某位友邦王子。
11. **雄獅**：指羅馬勇士，即第8行中的「他」，荷馬常用的隱喻。
11-12.**憤怒正引他穿過殺戮的中心**：這個形象令人想起阿克琉斯的憤怒，《伊
　　　利昂記》的主題。
13. **為祖國死去是愉快而高尚的事**：化用了提爾泰俄斯（Τυρταῖος，公元前七
　　世紀）的詩句：τεθνάμεναι γὰρ καλὸν ἐνὶ προμάχοισι πεσόντα | ἄνδρ᾽ ἀγαθὸν περὶ ἧ
　　πατρίδι μαρνάμενον。死去當然並不愉快，詩人的意思是：為國捐軀的榮譽感
　　令人愉快。賀拉斯這首詩說教的成分較重，不免受人詬病，譬如英國現代詩
　　人歐文（Wilfred Owen）便以這句話為題寫了一首著名的反戰詩，即dulce et
　　decorum est pro patria mori。
14. **死亡…逃避的人**：譯自西摩尼得斯（Σιμωνίδης，公元前556?-468?）的詩句：
　　ὁ δ᾽ αὖ θάνατος κίχε καὶ τὸν φυγόμαχον。
16. **胸窩…後背**：正面對敵受傷是光榮的，逃跑時受傷則是恥辱。
17. **賢明**：virtus，這個拉丁文詞語本意指堅定，果斷，勇氣之類的男子氣概，
　　亦泛指才德。
17. **丟臉的競選失敗**：羅馬共和國後期的競選也是金錢與宣傳的遊戲，甚至還訴
　　諸暴力，成敗與否和競選人的才德並無太大關聯。
18. **沒有污點的威儀**：內在品格才是令人發光的關鍵。

也不會隨大眾輿論的風向

　　而取得或者放棄節鉞。　　　　　　　　　　20

賢明，為不應死去的人開放

天空，循拒人的路途嘗試出行，

　　乘著疾馳的羽翼，蔑視

　　　　普通人群和陰濕的大地。

甚至可靠的緘默也有確定的　　　　　　　　　25

回報：我會禁止將柯耶瑞絲

　　的玄秘祭禮洩露出去的人待在

　　　　同一屋椽下或與我一起解纜

19-20. **也不會…取得或者放棄節鉞**：如果從政治層面解讀，這句話有點費解，因
　　　為即便是凱撒和奧古斯都這樣的強人也需要收買人心。或許賀拉斯在形容蘇
　　　拉，他以非常手段奪得大權，整頓朝綱後又自行放下了獨裁權力；言下之
　　　意：蘇拉如此，奧古斯都自然也可以。如果從哲學層面解讀，就比較簡單，
　　　即賢明超越了世俗的權力。

21-22. **為不應死去的人開放天空**：等於說「賢明的人應該獲得永生，甚至上天
　　　堂」，有可能這是在暗示凱撒和奧古斯都的封神事件。

22. **拒人的路途**：對於普通人而言，天堂自然是無路可通的，但賢明作為某些人
　　　的不朽本質卻能為他們找到上天的途徑。

24. **陰濕**：靠近地面的空氣陰濕，天上眾神呼吸的空氣則清純。

25-26. **甚至…回報**：譯自西摩尼得斯的詩句：ἔστι καὶ σιγᾶς ἀκίνδυνον γέρας。據說這
　　　是奧古斯都最喜愛的格言，無疑他很看重守口如瓶的品格。

26-27. **我會禁止將…洩露出去的人…**：詩人在表明心志，言下之意：我便是個慎
　　　言可靠之人。

26. **柯耶瑞絲**：Ceres，或譯刻瑞斯，禾麥女神，也就是得墨忒耳。

27. **玄秘祭禮**：一種祀奉得墨忒耳的神秘宗教儀式，有機會參加的人必須保守其
　　　中的秘密，據說奧古斯都便參加過。

脆弱的扁舟：迪耶斯庇特經常
　　在怠慢的不義身旁加上正人；　　　　　　　　　　30
　　　步履蹣跚的懲罰很少離棄過
　　　　先行一步的罪犯惡徒。

卷四第七首

雪已消散，此時青草正回歸平原，
　　綠葉正回歸樹木；
大地的形態漸變，正在退落的河水
　　沿著河岸流過；

美惠女神敢於裸體和孿生姐妹　　　　　　　　　　　　5
　　領著仙女們歌舞；
鐘點奪走賦予生機的天光，和歲時
　　警告你別冀望永恆。

29.　迪耶斯庇特：Diespiter，尤庇特的古老稱謂，即「天光之父」。

30.　怠慢的不義：指那些不敬或忽視尤庇特的不義之人。

30.　加上正人：尤庇特在懲罰那些不義之人的時候，譬如使房屋坍塌，使船隻翻
　　　覆，經常會連累無辜的正人君子。這也是上一句詩人說不想與這些人為伍的
　　　重要原因。

31-32.　步履蹣跚的懲罰…罪犯惡徒：俗語「不是不報，時候未到」的詩意表達，
　　　可見這種觀念古今中外都有。

4.　沿著河岸流過：曾經因融雪而上漲的河水不再漫上河岸。

5.　美惠女神…和孿生姐妹：美惠女神有三位，賜人魅力與美貌。

5.　敢於裸體：說明天氣夠暖和。

西風令寒冷變溫和，踐踏春天的夏日
　　也會消逝，一旦　　　　　　　　　　　　　　10
滿懷果實的秋季產出穀物，而不久
　　委靡的寒冬便復返。

然而月亮會迅速修復天空的虧蝕：
　　當我們墜落忠敬的
埃內阿斯，富有的圖盧斯和安庫斯的去處，　　15
　　則只剩塵土和陰影。

誰知道上仙會不會將明日的時光

9.　**踐踏春天**：猶言接踵而來，有如騎兵追殺敗逃的敵軍一般；夏日的炎熱使春
　　天的花卉枯萎無疑也是種蹂躪。

13.　**月亮會迅速修復**：形容月復一月，日子過得很快。

13.　**天空的虧蝕**：不僅指月亮本身或某個月的天象變化，也指季節變換帶來的日
　　照與天氣的變化。

14.　**我們**：相比之下，「我們」是無法自我修復的。因此春天來臨時，自然界
　　那種種生機勃勃的更新變化在T.S.艾略特看來仿佛是種嘲笑，所以他才會在
　　《荒原》中說「四月是最殘忍的月份」。

14.　**墜落**：猶如樹葉從枝頭墜落。

14-15.**忠敬的…富有的**：二人的綽號。

15.　**埃內阿斯**：儘管埃內阿斯在傳說中升天了，他卻有過地獄之旅，詳見《埃內
　　阿斯紀》卷六。也有可能賀拉斯是在否定埃內阿斯的升天命運，說他和其他
　　凡人一樣，都去地獄了。

15.　**圖盧斯和安庫斯**：圖盧斯是羅馬第三任國王，安庫斯是第四任。和埃內阿斯
　　一樣，他們都是羅馬人傳說中的祖先。

16.　**塵土和陰影**：借指墳墓和幽魂。

加到今日的總和上？

你給予親愛心神的一切，都將逃脫

　　繼承人貪婪的手。　　　　　　　　　　　　　20

當你一旦被擊倒而彌諾斯對你

　　做出了清朗的判決，

托爾誇圖斯，出身不能，口才不能，忠敬

　　也不能令你復活；

因為狄阿娜沒能從地獄的黑暗中解救　　　　　25

　　純潔的希坡呂托斯，

忒修斯也無力為敬愛的裴瑞托俄斯

　　扯斷忘川的鎖鏈。

---

18. **今日的總和**：即到今日為止，所活日子的總和。
19. **給予親愛心神的一切**：猶言按自己的意願花費的一切。
20. **繼承人**：指那些想通過結婚發財的人。這句話的言下之意說得粗俗點便是
　　「死之前把錢全花光才好，反正也帶不走」。
21. **被擊倒**：即死於敵人，災禍，病痛，或衰老之手。
21. **彌諾斯**：Μίνως，地府三大判官之一。
23. **托爾誇圖斯**：作者的一位朋友，本詩便是為他而寫的。
25-28. **狄阿娜…忒修斯…**：等於說，既然受到神靈或傳奇英雄青睞的人都不能得
　　救，「我們」就更別想了。
26. **希坡呂托斯**：Ἱππόλυτος，忒修斯的私生子，在希臘劇作家歐瑞庇得斯
　　（Εὐριπίδης）的筆下，他得罪了愛與美之女神阿普若狄忒（Ἀφροδίτη），只
　　因他崇拜守身如玉的狩獵女神阿耳忒彌絲（Ἄρτεμις，即狄阿娜）而非她自
　　己。於是阿普若狄忒令希坡呂托斯的繼母俳德拉（Φαίδρα）愛上了他，他拒
　　絕了俳德拉的引誘卻最終遭誣陷而死。
27. **裴瑞托俄斯**：Πειρίθοος，忒修斯曾和他一起去地府，試圖拐走冥后，結果裴
　　瑞托俄斯永遠被困在那裡了。

奧維德《變形記》

卷八第183 - 235行

　　這段時間對克雷忒島和長期流亡感到
厭惡，且對故土眷戀不已的戴達洛斯
被大海困住了。「即便他封鎖了大地」他說道，　　　　185
「與海洋，天空卻肯定是開放的；我們從那裡走！
就算他控制了一切，彌諾斯也控制不了大氣。」
說完他便把心思轉向了一種未知的工藝
以更新他的自然潛力。因他將羽毛按次序排列，
從最小的開始，比接下來的長羽毛要短，　　　　190
你會以為它們在斜坡上增高：鄉村排簫

---

183. 克雷忒島：Κρήτη，或譯克里特島，位於希臘東南海域。
183. 流亡：因為在雅典犯了事，戴達洛斯被迫流亡克雷忒島多年。
184. 戴達洛斯：Δαίδαλος，古希臘傳奇工匠，發明家。
185. 被大海困住了：彌諾斯的妻子生下怪物彌諾陶若斯，女兒跟忒修斯私奔的
　　　事，戴達洛斯都脫不了干係，因此被禁止離開克雷忒島。
185-86. 他封鎖了大地…與海洋：克雷忒王彌諾斯是古希臘第一位海上霸主。
188. 他便把心思轉向了一種未知的工藝：喬伊斯的小說《一個青年藝術家的肖
　　　像》開篇引用了這句話。
189. 更新他的自然潛力：即令自己從一種只能行走奔跑的動物變為一種能飛翔的
　　　動物。
191. 在斜坡上增高：猶如斜坡上高度遞增的樹木。

長短不一的蘆管有時便是如此逐步上升的。
然後他用絲線將中間繫好，用蠟將底部黏好，
並將如此安裝好的羽翼弄彎，讓它有點弧度，
就像真的禽鳥一般。少年伊卡若斯和他　　　　　　　195
站在一起，不知道自己在擺弄自身的禍害，
容光煥發地一會兒抓取被遊蕩的微風
吹起的羽毛，一會兒用拇指將黃色的蜂蠟
軟化，而他的玩耍卻也在妨礙父親的
非凡工作。對這項任務施以最後的修飾　　　　　　200
之後，那匠人自行讓自己的身體平衡在
一對翅膀上，並且在被攪動的空氣中飄浮。
他為兒子也裝配了一對，然後說：「我勸你，
伊卡若斯，沿路線中央趕行，以免羽毛，若你去得
太低，被海浪濺得沉重，若太高，被烈日燒毀。　　205
在二者之間飛行！聽我吩咐，別去看牧夫星座
或者大熊星座，也別看獵戶出鞘的寶劍；
跟著我這個嚮導趕路。」他在傳達飛行忠告
的同時，將陌生的翅膀安裝到他的肩膀上。
在工作和勸勉當中淚水沾濕了蒼老的臉頰，　　　　210
父親的手也抖了起來。他親吻自己的兒子，

---

195. **禽鳥**：確切地說是禽鳥的翅膀。
197. **容光煥發**：興奮貌。
202. **被攪動的空氣**：即被扇動的翅膀攪動。
206. **二者之間**：即兩個極端高度之間。
207. **獵戶出鞘的寶劍**：即獵戶星座。古人航海靠觀察星座來辨別方向。

再也重複不了的事情，然後憑藉羽翼升起，

飛在前面，而且為同伴擔心，有如一隻大鳥，

從雲巢帶領幼小的乳雛向天空中前進，

還鼓勵它跟來，並傳授這有害的技藝，　　　　　　　　215

一邊鼓動自己的翅膀，一邊回顧孩子的。

正在用抖動的蘆竿釣魚的某人，或倚在

手杖上的牧民，或倚在鋤柄上的耕夫

看到了，驚呆了，以為他們是那些能乘風

駕雲的神仙。而尤諾的薩摩斯島如今就在　　　　　　220

左方（得洛斯島和帕若斯島已然在身後），

勒賓拓斯島在右邊，還有盛產蜂蜜的卡倫內島，

這時那少年開始為大膽的飛翔而歡欣，

且離棄了嚮導，對天空的嚮往影響了他，

路線轉移得太高。在熾烈的太陽附近　　　　　　　　225

芳香的蜂蠟，那可是羽翼的連接，軟化了。

蜂蠟都已經融解：他還晃動赤裸的臂膀，

但沒有了飛槳，他攔阻不了任何空氣，

---

213. 同伴：即伊卡若斯。

217. 抖動的蘆竿：可能有魚上鉤。

220. 尤諾的薩摩斯島：位於土耳其海岸以西，相傳是女神尤諾的出生地。離開克
　　雷忒島之後，戴達洛斯似乎朝東北飛去了，但如果想回雅典，按道理應該朝
　　西北飛才對，但詩人沒有解釋箇中原因。

224. 嚮導：即戴達洛斯。

226. 芳香的蜂蠟：預詞法（prolepsis），蜂蠟遇熱融化在先，散發香氣在後。

226. 軟化了：參看第198-199行「用拇指將黃色的蜂蠟軟化」。

228. 飛槳：將翅膀比作槳是常見的比喻。

而且只有一片因為他而得名的湛藍

水域來迎接那呼喊著父親之名的口舌。　　　　　　　230

然而不幸的父親，不再是父親，叫道：「伊卡若斯，」

他叫道：「伊卡若斯，你在哪裡？何處我能找到你？」

「伊卡若斯」他還在叫：他看到了波浪中的羽翼，

於是詛咒自己的技藝，然後將屍體埋在一處

墳壘中，人們遂以被收葬者之名稱呼這片土地。　　　235

229-30. 因為他而得名的…水域：薩摩斯島西南海域叫伊卡若斯海。

230. 父親之名：應該是呼喊「父親，父親」，而不是「戴達洛斯」。

230. 迎接…口舌：倒栽蔥跌進水裡的詩意說法。

231. 不再是父親：此時戴達洛斯還不知道兒子已經死了。

233. 伊卡若斯：羅馬人的葬禮有呼叫死者三聲的習俗。

234. 屍體：多半海浪將屍體沖上了岸，而且被戴達洛斯發現了。

235. 被收葬者：即伊卡若斯。

235. 這片土地：即今天的伊卡里亞島（Ikaria）。

柯爾律治

午夜清霜

清霜執行它的秘密職務，沒借助
任何風力。幼鴞的叫聲來得響亮
──聽，又來了！和之前一樣響亮。
農舍中與我同住的人，都休息了，
把我留給了孤寂，倒是適合
更高深的思索：若非有搖籃中
的嬰兒在我身邊安寧地沉睡。
它確實平靜！如此平靜，連冥想
也被它那奇怪而極端的沉默干擾
而變得煩躁。大海，山丘和樹林，　　　　　　　10
這人口稠密的村子！大海，山丘，樹林，
生活的無數異常，全都像夢一般
聽不到了！那纖細的藍色火焰
躺在將熄的爐火上，也不搖曳；
只有那薄層，在爐架上抖動的薄層，

---

15. 薄層：指灰爐，即下文詩人所說的「陌生人」。

還在那兒抖動，唯一不安靜的事物。
我想，它的運動，在這自然的寂靜中，
賦予它對我這活人隱約的慰問，
讓它成為一種可以相伴的形態，
其虛弱的抖動和怪異行為，閒散　　　　　　　　20
的心靈按自己的情緒來解釋，到處
尋找自己的回聲或鏡像，並使之
成為一種思想的玩具。

　　　　　　　　　　　可是多少次，噢！
多少次，在學校裡，我帶著不詳的
預感，確信無疑地注視過那些格柵，
觀察那抖動的陌生人！而且多少次，
雖然尚未合眼，我已經夢見了
我那迷人的故鄉，以及古老教堂的塔樓，
它的鐘聲，窮人唯一的音樂，從早
到晚地鳴響，炎熱的趕集日，一整天，　　　30
如此悅耳，它們激起的一種奔放的
快樂縈繞著我，落在我的耳朵上，
像極了預告未來事物的清晰聲響！
我這樣注視，直到我夢見那些撫慰的
事物哄我睡著，而睡眠延長了我的夢！
於是第二天，整個上午我都在沉思，
老師嚴峻的臉讓我敬畏，我假裝

在學習，眼睛盯著我那本旋轉的書：
除非，要是門半開著，而我趕忙
瞥了一眼，而且我的心依然跳了起來，   40
因為我依然希望看到那陌生人的臉，
鎮上的人，或姑媽，或更親愛的姐姐，
我的玩伴，那時我們倆的穿著都一樣！

親愛的寶寶，你睡在我身邊的搖籃裡，
在這深沉的平靜中可以聽到
你那輕柔的呼吸填滿我思想
的片刻停頓與間隔的空檔！
我的寶寶如此美麗！它激動我的心，
讓我得到溫柔的欣慰，所以看著你，
並想到你將會學習截然不同的教誨，   50
而且會在截然不同的場景中！因為我
在那大城市長大，被關在昏暗的回廊中，
除了天空和星星，沒見過可愛的事物。
可是你，我的寶寶！將會如一陣微風，
在湖畔與沙岸邊漫遊，在古老山嶽
的峭壁之下，而且在雲濤之下，
其大片的形體很像湖泊與岸涯，以及
山嶽峭壁：這樣你將會看到並聽到

---

52. **昏暗的回廊**：指基督教養院（Christ's Hospital），倫敦一間慈善學校。

那永恆語言的可愛形狀及其明白的
聲音，從你的上帝口中說出來，　　　　　　　　60
他自永恆教導包括一切的自身，
也教導自身以內的所有事物。
偉大的宇宙導師！他將會塑造
你的心靈，並通過賜予使之索求。

因此所有季節對於你都會是迷人的，
不論是夏天以綠裝全面覆蓋大地，
還是紅胸鳥坐在苔斑滿布的蘋果樹
光禿枝杈上的簇簇白雪之間
歌唱，而不遠處的茅草屋頂
在陽光下融雪冒汽；不論是在疾風　　　　　　70
恍惚之際聽到屋簷上的水滴落，
或縱使清霜的秘密職務會把它們
懸掛起來，凝為沉默的冰溜，
對著平靜的月亮平靜地閃耀。

一七九八年二月

---

60. **上帝⋯說出來**：根據基督教教義，上帝是通過言說的方式創出這個世界的。

華茲華斯《抒情歌謠集》

作於廷騰修道院上游數哩處的詩行

記一七九八年七月十三日的一次旅行重遊瓦意河岸

五年過去了；五個夏季，加上五個
漫長冬季的時間！而我再次聽到
這些水流，自山上的源泉翻滾而來，
帶著甜美的內陸絮語，——再一次
我看到這些陡峭高聳的懸崖，
在一片與世隔絕的野外景象上
印下更深的與世隔絕的思想；並將
這景色與天空的寧靜連接在一起。
這一天到來了，我再次在這裡
休憩，在這棵深色的楓樹下，觀看　　　10
這一塊塊農舍場地，這些果樹叢，
在這個季節，它們的果子尚未成熟，
便任由自己隱沒在樹林與灌木之間，
並沒讓它們的青綠和簡易色調擾亂
這青綠的野外景色。我再一次看見

這一排排樹籬，勉強算樹籬，幾行
調皮的小樹自由長成；這些田園農場
一直綠到了門邊；還有一圈圈煙霧
靜悄悄地從樹木之間升起，
帶著某種不明確的知會，仿佛來自　　　　　　　　　20
林子裡那些居無定舍的流浪者，
或來自某位隱士的洞穴，他正獨自
坐在那裡的火堆旁。

　　　　　　　雖然很久沒來，
這種種美麗對於我來說，還沒到
一處景象對於一個盲人眼睛的地步：
反而經常，在孤獨的房間裡，在小鎮
與城市的嘈雜聲中，虧了它們，
我在疲憊的時刻才有美妙的感受，
在血液裡感覺到，順著心頭感覺到，
甚至轉變成更純粹的心智，使之獲得　　　　　　30
平靜的恢復：──對記不起來的愉悅
的種種感覺也是；或許，這就好比
對一個好人的生活最好的部分
可能造成了不小的影響那樣；
他的無名小事，記不起來的行為，
出於好意也出於愛。我相信也多虧了
它們，我可能得到了另一份禮物，

在更崇高的方面；那福祐的心境，
在那種心境中，神秘真理的負擔，
在那種心境中，這個難以理解的
世界所有濃厚及疲憊的重量　　　　　　　　40
都減輕了：——那寧靜而福祐的心境，
在那種心境中，喜愛溫柔地帶領我們
前進，直到這肉體框架的呼吸，
甚至我們的人類血液的運動
幾乎暫停了，我們被安頓在身體裡
沉睡，並且變成了一個活的靈魂：
其間，我們用一種由和諧的力量
與歡樂的深沉力量賦予的平靜眼力
深入觀察事物的生命。

　　　　如果這只是　　　　　　　　　50
一種徒然的信念，然而，呵！多少次，
我在黑暗中，在悶悶不樂的日光下
那眾多的形狀中間；當煩躁無益
的紛亂，以及世界的興奮狂熱，
懸掛在我的心跳之上了，我曾經
多少次，在精神上，求助於你，呵，
樹木稠密的瓦意河！你這林間的漫遊者，
多少次，我的精神曾經求助於你！

而如今，帶著半熄滅的思想的閃現，
帶著許多暗淡而模糊的識別， 60
而且還有幾分憂傷的困惑，
心目中的圖畫又一次復蘇：
我站在這裡的時候，不僅感覺到
現有的愉悅，而且愉快地想到
在這一刻有未來歲月的活力
與食糧。而且我敢於這樣期望，
儘管和當初比，我無疑已經改變，
那時我第一次來到這些山丘之間；
像隻駝鹿般在山上，在深深的江河
與寂寞的溪流旁跳躍，任由自然引導 70
去任何地方；更像一個人在飛離
他害怕的某種事物，而不是尋求
他喜愛的事物。因為自然那時
（孩童時代我那些較粗野的樂趣，
及其動物般的快活舉動俱往矣，）
對於我就是一切的一切。——我無法
描繪那時我是什麼人。響亮的大瀑布
像一種激情，縈繞在我的心頭：高大
的巖石，山嶽，還有幽深陰暗的樹林，
它們的色彩和形態，那時對於我 80
是一種欲求：一種感觸和一種愛，
並不需要一種由思想提供的，

更偏遠的魅力，或任何不是向眼睛
借來的興趣。──那個時候過去了，
而且一切痛心的快樂，一切令人暈眩
的狂喜如今再也沒有了。我不會因此
昏厥，也不會哀傷或嘟噥：其他禮物
隨之而來了；對這樣的損失，我相信，
是充分的補償。因為我學會了
旁觀自然，不是如同在不經意　　　　　90
的年少之時；而是經常聽到
人性那靜止的，憂傷的音樂，
既不刺耳，也不煩躁，雖有充足的
力量抑制並克制。而且我感覺到
有一種存在，利用思想被提升
的喜悅來驚擾我；一種崇高的，
對某種被深深注入的事物的覺察，
它的寓所是落日的光輝，
和環形的大洋，以及活的空氣，
和藍色的天空，而且在人心裡，　　　　100
一種動態和一種精神，促進
所有思考的事物，所有思想的所有
對象，並滾滾穿過所有事物，所以我
仍是一個草場與樹林的愛好者，
還有山嶽；還有所有我們從這綠色
大地看到的；整個眼睛與耳朵的

強大世界，既是它們半創造的，
也是它們發覺的；很高興在自然
與感官的語言中認出我的
最純粹思想的鐵錨，我的心靈　　　　　　　　　　110
看護，嚮導，監護人，我整個
道德人格的靈魂。

　　　　　　　或許我，
縱然我不曾這樣受教，也不該
更加容許我的天然心境衰敗：
因為在這裡，你確實和我在一起，
在這美麗的河岸上；你，我的密友，
我敬愛的良友，而我在你的聲音裡
捕捉到我先前的心靈語言，且在你
那奔放的眼睛的光芒中讀到
我先前的樂趣。呵！但願我能在　　　　　　　　120
你的形影中再看一會我曾經的樣子，
我可愛的，親愛的妹妹！我如此
禱告，知道大自然從來不會背叛
熱愛她的心靈；她不勝榮幸，
帶領我們度過這一生所有的歲月，
從歡樂走向歡樂；因為她能夠影響

---

122. **親愛的妹妹**：即多蘿西・華茲華斯（Dorothy Wordsworth）。

我們內在心智的形成，以安寧
與美麗給我們留下深刻印象，以高尚
的思想激發我們，這樣，邪惡的口舌，
輕率的判斷，自私的人的譏笑，　　　　　　　　130
全無親切感的問候，所有日常
生活中無聊的交往在任何時候
都不會把我們打敗，或擾亂
我們的樂觀信念，即我們看到的
一切都充滿了福佑。因此就讓月亮
在你獨自一人散步的時候照亮你；
也讓薄霧籠罩的山風自由地
吹向你；而且在之後的歲月中，
當這些奔放的狂喜成熟並轉變為
一種冷靜的樂趣，當你的頭腦　　　　　　　　140
成為一切可愛形式的宅第，
你的記憶作為一切甜美聲響
與和絃的住處；呵！那時候，
即便孤獨，或恐懼，或痛苦，或悲傷
成了你的命運，你也會因溫柔
喜悅的任何痊癒思想而記得我，
以及我這些勸勉！或許你，
如果我去了再也聽不到你的聲音
的地方，再也不能從你奔放的眼睛
捕捉到這些過往生活的閃光，那時　　　　　　150

也不會忘記在這令人愉快的河岸上
我們曾經站在一起；而我，大自然
的長期崇拜者，曾經來到這裡，
不覺疲倦地參加禮拜：準確點說，
帶著更熱誠的愛，呵！帶著對更神聖
敬愛的更加深的熱情。你那時也不會
忘記，經過了許多漫遊，多年
沒來之後，這些陡峭的樹林和高聳的
懸崖，這綠色的田園景致，對於我
更珍貴了，既因它們自己，也因為你！　　　　　160

但尼生

淚，無端的淚

淚，無端的淚，我不知它們意味著什麼，
是來自某種神聖絕望的深處的淚，
在心裏湧起，向眼中匯聚，
而我正觀望快樂的秋日田野，
想著不會再有的日子。

清新如閃爍在船帆上的第一束光，
自陰間載來的我們的朋友，
悲傷如最後那束，當映紅的船帆
帶著我們所愛的一切在天際沉沒；
如此悲傷，清新，不會再有的日子。　　　　　10

啊，悲傷奇異如陰暗的夏日黎明
半醒的鳥兒最早的哨啼，
召集消亡的淚水，此時在消亡的眼睛上
窗扉逐漸變成了微亮的方框；
如此悲傷，奇異，不會再有的日子。

親昵如死後依然記得的吻，
甜蜜如藉無望的想像假裝印在
屬於他人的唇上的吻；深切如愛戀，
深切如初戀，帶著一切遺憾的狂烈；
噢，生命中的死，不會再有的日子。　　　　　　20

尤利西斯

這樣沒什麼益處，一位懶散的國王，
在這寂靜的壁爐邊，在這些貧瘠的巉巖間，
和一位年邁的妻子相配，刑罰慶賞，
對一個囤積，睡，吃，並不瞭解我的
野蠻民族執不盡一致的法。

我不能在遊歷後歇息：我要將生命之瓶
飲至只剩渣滓：我總是一再享受
大喜，經受大悲，和曾經愛我的人
一起，或獨自一人的時候；在岸上，
或是當喚雨的畢宿五星急掠傾盆地　　　　　　10
攪亂大海的時候：我成了名；
因為總帶著一顆饑餓的心漫游，

---

10. **畢宿五星**：畢宿五星本來是擎天巨人阿特拉斯的女兒，宙斯將她們置於金牛星座中，她們在五月升起時和雨季相合。

我見識了很多；諸多人類城市，
各種風俗，氣候，議會，和政府，
我自己也不賴，到處都享有盛譽；
遠在風城特洛亞激越的平原上
我還與同儕飲用了戰鬥的愉悅。
我是我所遇見的一切其中一部分；
然而這所有的經驗是座拱門，透過它
可以看到未涉足的世界在閃現，當我   20
移動的時候，它們的邊緣便不斷、不斷地消退。
多麼乏味，停頓下來，就這樣結束，
不砥而鏽，而不是在使用中發光！
仿佛呼吸就是生命！多個生命堆起來
對我來說也太少，何況我這生命已所剩
無幾：但是每一個時辰自那永恆的
沉寂中獲救，都意味著更多，
它能帶來新的事物；可恨的是
這三年來我把自己儲存囤積起來，
而這蒼白的靈魂卻在欲望中渴求，   30
像沉落的星辰一樣，追隨知識，
超越人類思想的終極界限。

---

16. **特洛亞**：尤利西斯（希臘英雄俄底修斯的拉丁名）是特洛亞戰爭希臘方的主
　　要將領之一。

這是我兒子，我的忒勒馬科斯，
我把權杖和島國都留給他——
我鍾愛的人兒，明辨篤行，他會
完成這重任，他會審慎地慢慢令一個粗野
的民族變得溫和，通過輕柔漸次的方式
將他們馴化為有用的良民。
他是最無可非議的，身處日常職責
範圍的中心，言行得體，不會忽略   40
待人處事應有的親切體貼，我走後，
還會向我的家庭守護神獻上適當的
崇拜。他做他的事，我做我的。

那邊就是港口，船上的帆在喘動：
那邊杳杳的正是黑暗遼闊的海。我的水手們，
隨我一起辛苦，工作，思想過的人呵——
從來都以嬉戲來迎接霹靂與陽光，
並以自由的心和自由的頭顱
與之對抗的人呵——你們和我都老了；
老年人仍然有他的榮譽和他的辛苦；   50
死亡終結一切：但是在終點之前，
或許還可以做一番高尚非凡的事業，
這樣我們才稱得上是與諸神鬥過的人。

---

33. 忒勒馬科斯：俄底修斯與佩內蘿佩婭（Πηνελόπεια）之子。
53. 與諸神鬥過：特洛亞戰爭中，雙方各有神祇相助。

開始有浮光在礁石上閃爍，
長日將盡：慢悠悠的月亮爬了上來：深海
用各種聲音在四面嗚咽。來吧，我的朋友們，
去探索一個更新的世界還不算太晚。
把船撐開，按順序坐好，撥擊
這喧沸的浪溝；因我的目標依然是
駛過太陽落下的地方，以及西天　　　　　　　　60
所有星辰的浴場，直至我死去。
或許深淵會將我們沖漱嚥下，
或許我們會在極樂群島著陸，
與我們的舊相識，偉大的阿克翼琉斯相會。
雖然很多被取走了，很多還留存著；雖然
我們現在沒有了昔日那種動地驚天的
力量；我們是怎樣的人，還是那樣；
英雄的心都有同一種相等的脾性，
被時間及運命削弱，但意志堅強，就是要
鬥爭，探索，發現，絕不屈撓。　　　　　　　70

---

61. **星辰的浴場**：古希臘人認為，世界由大洋圍繞，日月星辰從東邊大洋升起，
　　　落入西邊大洋。
63. **極樂群島**：指希臘英雄阿克翼琉斯，大阿亞克斯等人死後生活的島嶼，是氣
　　　候及風景皆宜人的樂土。

勃朗寧

我的前任公爵夫人

費拉拉

畫在牆上的是我的前任公爵夫人，
看上去彷彿她還活著。如今，
我稱那幅畫為奇觀；潘多夫弟兄的手筆，
忙了一整天，然後她就站那兒了。
請坐下來看看她吧。我說「潘多夫弟兄」
是故意的，因為像您這樣的陌生人
看不明白那描繪的面容，
那真摯眼神的深邃與熱情，
只是轉向我（因為除了我，沒人
會把我為您拉開的簾子收起來），　　　　　　10
似乎想問我，又不大敢問的樣子，

費拉拉：義大利北部地名。詩中的獨白者很可能是十六世紀費拉拉公爵阿方索
二世。
3.　潘多夫弟兄：義大利人稱呼修道士為「弟兄」。

這樣的眼神怎麼來的；所以，您
並非第一個轉身這樣問的人。先生，
不只是她丈夫在場，喚起了公爵夫人
臉上的些許歡欣；也許是
潘多夫弟兄剛好說道，「夫人的斗篷
裹著她的手腕太多，」或「顏料
絕對複製不了順著她的頸項
隱沒的微紅淡暈。」這樣的話
是客套，她想，倒也足以　　　　　　　　　　　　　20
喚起那些許的歡欣。她有
一顆——怎麼說呢？——很快就能取悅的心，
太容易觸動；看到什麼她都
喜歡，而且她的目光還到處去。
先生，全都一樣！她胸前佩戴的
我的信物，西邊日光的衰落，
某個多事的傻瓜在果園為她
折斷的櫻桃樹枝，她繞著前院
騎乘的白騾——每一樣都會
從她那兒獲取相似的贊許　　　　　　　　　　　　　30
或至少是紅暈。她謝人家——好！但以某種
方式——我不知道怎麼搞的——似乎她將
我那擁有九百年名望的禮物
和隨便一個人的禮物並列。誰會降屈
去責備這樣的小事？即便你有

口才──（我就沒有）──把你對這樣一件事的意願

表達得很清楚，說道，「你只是這一點

或那一點讓我反感；這裡你沒做到，

或那裡你做過了頭」──如果她由得自己

被這樣訓斥，沒有明顯地與你　　　　　　　　　　40

爭辯，的確也沒有找藉口──

即便這時也免不了降屈；而我從來不會

選擇降屈。哦，先生，毫無疑問，每當我

從她身邊走過，她便微笑；但誰走過沒見到

差不多的微笑？這種事一多我便下了命令；

然後所有微笑都停止了。她站在那兒

仿佛還活著。您請起，那我們就去

會見下面的客人吧。我重申，

您的主人，伯爵先生出了名慷慨，

這充分保證了我要求嫁妝的任何　　　　　　　　50

正當權利都不會被駁回；

雖然他的美麗女兒本身，正如我一開始

便宣稱的，才是我的目標。還有，先生，

我們一起走下去吧。不過您注意到內普頓

在馴服一匹海馬嗎？我覺得是件珍品，

因斯布魯克的克勞斯用青銅為我鑄成的！

---

54. **內普頓**：羅馬神話中的海神。

56. **因斯布魯克**：以前說親的使者來自奧地利因斯布魯克。

惠特曼《草葉集》

我在路易斯安那看見一棵活橡樹在成長

我在路易斯安那看見一棵活橡樹在成長，

它孤零零地站著，苔蘚從樹枝上垂下來，

沒有任何夥伴，它在那裡成長，生出快樂的暗綠色葉子，

而它的樣子，粗野，冷漠，強壯，使我想到我自己，

不過我好奇，它孤單地站在那裡，沒有朋友在近旁，怎能生出
　　　快樂的葉子，因為我知道我可不行，

于是我摘下了一條嫩枝，上面帶有幾片葉子，還纏繞著一點
　　　苔蘚，

然後帶走，然後把它放在了我房間裡看得見的地方，

我不需要它來使我想起我自己那些親愛的朋友，

（因為我相信最近除了他們，我很少想起別的）

然而它對於我仍然是種奇特的標誌，他使我想到男人的友愛；

正因為如此，儘管那活橡樹在那裡閃亮，獨自在路易斯安那廣
　　　闊平坦的空間裡，

一輩子都在生出快樂的葉子，沒有一個朋友一個愛人在近旁，

我很清楚地知道我可不行。

最後的祈求

最後，溫柔地，
從加固得如同堡壘的強大住宅的牆壁，
從緊密連接的鎖扣，從重門緊閉的牢獄，
讓我飄浮。

讓我無聲地向前滑翔；
用柔和這把鑰匙打開那些鎖──用一聲低語，
弄開那些門，噢，靈魂。

溫柔地──別不耐煩，
（你的把握是強大的，噢，凡人的血肉，
你的把握是強大的，噢，愛情。）

狄金森

254.「希望」是有羽毛的生物

「希望」是有羽毛的生物──
棲息在靈魂裡──
唱著沒有歌詞的曲調──
永遠都──不停息──

最甜美的──在大風中──聽到──
暴風雨必定痛苦難堪──
可能會使這──讓很多人溫暖的──
小鳥尷尬不安──

在最冷峭的地域──以及最陌生的
海上──我聽到過──
然而，在絕境中，它從未
向我──要過一片面包碎末。

303. 靈魂選擇她自己的團體

靈魂選擇她自己的團體——
然後——把門緊掩——
不再出現於——她那神啟
的大多數面前——

無動於衷——發覺有軒車——停在
她低矮的大門前——
無動於衷——有位皇帝跪在
她的踏墊上面——

我曾見過她——自一大國——
挑選了一員——
然後——閉上她注意力的瓣膜——
有如石頭一般——

657. 我居住在可能性中

我居住在可能性中——
一座比散文更美的宅屋——
更為眾多的窗子——
高一等的——門戶——

有如雪松林的內室——
眼睛無法窺攻——
有一片永恆的屋頂
天空的斜穹窿——

還有遊客——最美麗的——
就為從事——這個——
我窄小的雙手完全張開
把天堂聚合——

葉慈

庫園的野天鵝

樹木現出它們秋季的美態，
林地的小徑已然風乾，
在十月的暮色籠罩下，湖水
倒映一片澄寂的天。
在巖石間泛著溢溢水波的
有五十九隻天鵝。

自從我初次為它們計數以來，
我遇到了第十九個秋季；
我都沒數完，便看見
它們全都升起，
振著疾呼的翅膀四散，
盤旋成破碎的大圓圈。

我已將它們看作非凡的生物，
而如今我感到心痛，
一切都變了，自從我初次

在這湖濱聽到暮色中
它們的鐘鳴翅膀響過頭頂，
我當時的腳步比較輕。

還沒有厭倦，一隻一隻的
情侶划行著友好
寒冷的水流，或攀升半空；
它們的心還沒有變老。
隨意漂泊，不論到了何處，
伴隨它們的還是熱情與征服。

可如今它們在澄寂的水面飄游，
神秘莫測，美麗佼好；
它們會在怎樣的燈芯草叢，
在怎樣的湖畔或池塘營巢，
悅人眼目，當我某天醒來的時候，
發現它們已經飛走？

漫遊的安格斯之歌

我走出去，走向榛子樹林，
因為我腦子裡有一團火焰，
我砍下並削了根榛子木棍，
在一顆莓果上鉤了一條線，

于是當白色的蛾子撲翅翻飛，
而蛾子般的星星閃爍隱去，
我把莓果扔進了一條小溪，
釣到了一尾銀色的小鱒魚。

當我把它擺在了地板上，
過去將火焰吹得更旺熾，
卻有東西在地板上簌簌作響，
而且有人在叫我的名字：
它變成了微光閃閃的姑娘，
頭髮裡有一團蘋果花簇，
她叫著我的名字奔向遠方，
然後在漸亮的空中褪去。

雖然我漫遊得老了，
在空洞與山嶺起伏的地域週遊，
不管她去了哪裡，我要找到她，
還要親吻她的唇，執起她的手；
還要在斑駁的長草間漫步，
直至時間與時代終結，
一次次將月亮的銀蘋果，
太陽的金蘋果採擷。

國家圖書館出版品預行編目

鵠韻集 / 戴玨著. -- 初版. -- 臺北市：獵海人，
2024.02
　面；　公分
ISBN 978-626-98128-2-0(平裝)

851.487　　　　　　　　　　112022391

鵠韻集

作　　者／戴　玨
出版策劃／獵海人
製作銷售／秀威資訊科技股份有限公司
　　　　　114 台北市內湖區瑞光路76巷69號2樓
　　　　　電話：+886-2-2796-3638
　　　　　傳真：+886-2-2796-1377
網路訂購／秀威書店：https://store.showwe.tw
　　　　　博客來網路書店：https://www.books.com.tw
　　　　　三民網路書店：https://www.m.sanmin.com.tw
　　　　　讀冊生活：https://www.taaze.tw

出版日期／2024年2月
定　　價／380元